天天南海

刘醒龙地理笔记

刘醒龙 著

权利保留　侵权必究

图书在版编目（CIP）数据

天天南海 / 刘醒龙著 . — 武汉：长江少年儿童出版社，2023.10
（刘醒龙地理笔记）
ISBN 978-7-5721-2679-6

Ⅰ.①天… Ⅱ.①刘… Ⅲ.①散文集－中国－当代 Ⅳ.①I267

中国国家版本馆CIP数据核字（2023）第004368号

刘醒龙地理笔记 | 天天南海
LIU XINGLONG DILI BIJI | TIANTIAN NANHAI

作　　者	刘醒龙	出版发行	长江少年儿童出版社
出 品 人	何　龙	网　　址	http://www.cjcpg.com
策　　划	姚　磊　胡同印	承 印 厂	湖北金港彩印有限公司
责任编辑	刘　瑛	经　　销	新华书店湖北发行所
营销编辑	唐　靓	开　　本	787毫米×1092毫米　1/32
版权编辑	龚华静	印　　张	8.375
助理编辑	赵　越	字　　数	128千字
装帧设计	刘嘉鹏	版　　次	2023年10月第1版
排版制作	方　莹	印　　次	2024年6月第2次印刷
责任校对	莫大伟	书　　号	ISBN 978-7-5721-2679-6
督　　印	邱　刚　雷　恒	定　　价	48.00元

本书如有印装质量问题，可向承印厂调换。

刘醒龙地理笔记
天天南海
目录

南海日记	001
黄花梨做的海南	003
浮粟泉与五公祠	009
传说不识红树林	016
椰风铜鼓老爸茶	024
哪有儿孙不回乡	033
珠崖紫贝是文昌	039
去年今日此海边	047
万泉之意在于河	055
莫把南海当天涯	063
有一种鱼叫海狼	073
鸭公岛外考古船	083
大水冲了龙王庙	092

我在南海游过泳　　　　103

全富岛上一棵草　　　　117

明月弯弯照海塘　　　　124

多少路标问晋卿　　　　132

龙洞云霞接海天　　　　144

余乃轻帆信海游　　　　155

寻得青花通古今　　　　164

南海蓝之蓝海南　　　　171

海上散记　　　　　　185

我有南海四千里　　　　187

菩提南海树　　　　　　199

蓝洞　　　　　　　　　209

去南海栽一棵树　　　　223

山在东海中　　　　　　240

赫瓦尔酒吧的和声　　　252

后记　　　　　　　　　257

刘醒龙地理笔记
天天南海

南海日记

黄花梨做的海南

都说海南岛没有内陆那种气候分明的季节性。

许许多多内陆男女对海南的情愫却四季分明。

往海南去，内陆这方面的人，除非必要，大多是季节性选择。这一点，在从北京开出来的 Z201 次列车上显得格外清晰。

近十几年，我每次来海南，无一例外全选了这趟列车。包括二〇一六年七月那一次，也是要去三沙，因为一些原因，行程突然提前。原本计划参加完深圳的一个活动，再从容跨过琼州海峡。计划突然被打乱时，也还是第一时间急忙奔至广州赶上了这趟列车。从北京开出的 Z201 次列车，终到三亚，途中穿行大半个中国，也载起大部分中国人对海南明显带有季节性的向往。这一次，在武昌站上车，仍是城市睡得正香的凌晨四点四十三分，进站口只有零零落落的二十几个人，让我有些不敢相信，直到顺顺当当地刷脸进站找到车厢以后，心里才解开是否站错队的疑团。列车搭乘轮船，漂洋过海到达海口站，这疑惑又回来了。二〇一九年十二月上旬，到海南参加"第四届中国文学博鳌论坛"，同样是搭乘这趟列车，同样是在海口下车出站，那人潮之汹涌，用不着费劲，就有一股力量推着身子往站外挪动。相比之下，此时此刻，像自己这种向来喜欢不紧不慢懒得往人堆里挤的性格，居然能第一个出站，可想而知，那出站的人数完全可以忽略不计。说这景象如内陆的秋风扫落叶肯定不合适，一想到换季了，又以为是恰如其分。

都什么时代了，仍旧三番五次乘火车到海南，也不是因为喜欢坐火车、有不骑马反骑驴的怪癖。当年没有武汉长江大桥，京广线上的火车都要在长江边的码头上拆分，换乘轮渡，起岸之后才能继续前行。这段记忆属于一九五七年长江大桥建成之前的老一辈武汉人，我没有这种记忆，自然犯不了怀旧的毛病。

  二十一世纪的火车如何渡过琼州海峡，是一个引人入胜的话题。那么长的火车如何才能上得船，过得去那么宽的海峡？Z201次列车一般都会在夜里十一点前后到达琼州海峡北面的徐闻港。第一次乘坐这趟列车时，我曾经一直盯着车窗外，看着巨龙一样的列车，从陆地挪到轮船上，又从轮船挪到陆地上，连同在大海中行驶，一连四五个小时不曾合一会儿眼。所谓有心栽花花不发，前几次，根本看不太清楚，夜黑得太深了。这一次，也不知怎的夜里十点钟就睡着了，等到被巨大的动静惊醒时，已是清晨五点，列车早已抵达海口港，正在将之前拆成几段的列车重新连成一个整体。也是乘客太少，列车员闲来无事，站在一旁细细解释后我才明白，无非是多修了一条岔道，让港口的动力车组将在适当位置断开连接、拆分成几段的列车按段次拖下船来，再让空载的动力车组驶入预设岔道，而后让先前就从船上拖下来的列车车头部分后退，再与这段列车重新连接起来。如此前前后后反复几次便万事大吉。

凡尘之事，最有效的方法，是要成为经典的。一切经典也都是能够摆开来，扳着手指数出一二三四五的。当人们用复杂猜想去理解列车如何渡过琼州海峡，列车所用的却是极为简易的方法。几年前，曾经去到这趟列车所要经停的肇庆，当地朋友领着去看一样栽在大街两旁的稀奇之物。朋友介绍说，不久前林业部给肇庆市政府来公函，询问一九七几年，从海南调拨到肇庆的一批苗木栽在何处，现存如何。晓得这事的人都觉得很奇葩，都几十年了，谁有兴趣记起这陈芝麻烂谷子的丁点事？不过肇庆有关部门还是得认真对待这立等回复的指示。寻找多时，才从一位退休多年的老职工那里得知，这批从海南运来的苗木就栽种在市政府旁边的一条街道两旁。这边消息刚刚反馈过去，林业部第二天就派人来肇庆，见那条街两旁树木长得颇有模样，这才说明原来当年随意调拨的树苗，是现今珍贵无比的海南黄花梨，当即一棵棵登记造册，就地保护起来。这些年肇庆当地在此两排树下来来往往，过着烟火日子的人何其多也，从未有人认得此万木丛中的尤物，恍然明白过来，再想摸一摸某片树叶，都会有人上前来声声劝阻。

海南之行的第一天下午，去省博物馆参观，正好是六一儿童节，天真无邪的孩子们，将一向沉重如山、忧郁似海的历史所在，嬉戏成比快乐更加快乐的游乐园。历史太厚实，也太神秘，终于将最后一拨孩子挡在黄花梨馆门外，独留我们眼睁睁看着世所珍稀、恨不得与黄金等价的黄花梨木，被海南的先民们用于制作纺织的纺车、打纬刀和挑花刀，用于制作狩猎的弹弓、火枪和标枪，用于制作日常生活中的米桶、谷桶和锅盖，放牧的羊铃与牛铃，自娱自乐的胡琴、唢呐和牌九，如此等等，都还称得上可以，而那些用黄花梨木制成的套在牛脖子上的牛轭，插在牛鼻孔中的牛鼻串，还有从牛轭上牵出一根绳索拖着耕耘山野的木犁，唯有一声接一声叹为观止。自汉代设郡至清王朝，海南一直实行"土贡"，每三年要向朝廷进贡一次，黄花梨一直是贡品中不可缺少的各个朝代皇家的御用木材。但在淳朴的海南民间，再好的黄花梨，也不过是如枫栎一样坚硬好使、耐得磨损的又一种木头。

列车上的乘客，载多载少离不开季节因素。

黄花梨树能够成规模地漂洋过海跑到内陆去生长，也离不开社会经济生活的季节性改变。

风尚从来就是季节的产物，没有季节也要弄成某种季节的小样。

从火车上下来的人多人少，并不代表真实的海南。相比之下，海南民风才是如黄花梨木一样真实，因坚硬而珍贵，并非因珍贵而坚硬。

二〇二一年六月一日于海口悦玺酒店545房

浮粟泉与五公祠

　　四面环海、宛如人间仙境的海南竟然时常干旱缺水，这事想起来是何等的不可思议！海南人想千方、设百计抗旱保丰收的新闻几乎年年都见诸媒体，却是真真切切的不争事实。到海南才两天时间，耳际关于苏轼的话题，早已漫过琼州海峡，一路北上，飘落到古城黄州。在生我养我的那一片家乡，东坡虽不是神一样的存在，却又比神一样的存在更加被人喜爱提及。

　　来海南的第二天，赶上今年自己经受的第一个超过三十八摄氏度的天气，当地人还能三三两两地坐在树荫下面，捧着一壶暖茶安然度夏，在我们身上已经像是骨头都要蒸出油来了。正是鸡蛋花的开花季，作为海南第一楼的五公祠，地面上尽是落花，那蒸腾的水汽扭曲了目光，两眼盯着那花，心里就像是没有见着。一道道门廊走过，恍如穿过某处已经着火的建筑物中的防火门。这一大片古建筑供奉着二十几位海南当地的先贤，其中又以被称为五公的唐宋两朝五位宰相级大员为杰出代表。说者无心，闻者有意。听来听去，又察觉到那言多必失的意味。

　　在五公祠中行走不久，那着了火一样的门廊也穿过了三五道，一股清凉忽地扑面而来。紧走几步，就到浮粟泉边。用去往西天取经那群人的话说，好个浮粟泉，真个是好水。不知从我们脚底下多么深的地缝里冒出来的清泉，散漫地聚满了幽幽一座小井。小井装不下了，又往下流入悠悠一座小池。稍大一点的小池也装不下时，再往下流入一座小小水塘。再余下来的清泉，才像真正的小溪溜溜地滑过那不大不小的圳口，带着微风注入青枝绿叶掩映的小河。用不着开口发问，就有人告诉在这浮粟泉边徘徊的我们，北宋绍圣四年（公元一〇九七年），苏东坡被贬到海南岛，在今五公祠内的金粟庵暂住了二十多天。就在这么一点时间里，苏东坡见当地人饮水困难，便率众

● 浮粟泉一角　《海南日报》社王军/摄

开凿了这口甘美怡人的浮粟泉。

在烈日灼心巧遇清冽泉水的这一刻,我忽发奇想,是不是苏东坡命中缺水?相关于水的事情,是他每到一地都会遇上的一道必答题。在黄州,他写"大江东去,浪淘尽,千古风流人物"和"谁道人生无再少,门前流水尚能西",心里想着的是何时再去安国寺和尚那里痛痛快快地洗一个澡。在杭州,他写"若把西湖比西子,淡妆浓抹总相宜"和"还来一醉西湖雨,不见跳珠十五年"时,脑子里盘算的是在西湖上修筑一道长堤。以戴罪之身,在海口待上区区二十几天,仍然半点也不耽搁,争分夺秒地为小

● 五公祠俯瞰　《海南日报》社张茂/摄

老百姓谋得一些福利,难怪他自己在写"孤城吹角烟树里,落月未落江苍茫"的同时,还能进一步表示,"他年谁作舆地志,海南万里真吾乡"。

因为苏东坡与浮粟泉,五公祠才拥有"圣祠叠翠"的美誉。从唐朝被贬谪来琼的宰相李德裕,到宋时同样原因来到海南的宰相李纲和赵鼎,以及等同于宰相的李光和胡铨二位历史名臣,凡此五公,不惜用身家性命以献,只为安邦定国,但五公祠这里,虽然前朝后代的各种显赫文字都在诉说五公的种种不凡,还不如苏东坡那平凡的辉光。显而易见,凡尘百姓更加看重替自己掘出一股甘泉的苏东坡。

想我黄州,何尝不是如此。父老乡亲最爱传颂的是苏东坡在雪堂耕种,勉力养活家小,又满天满地劝导,革除了多少年来的某些恶习。

说尽天下所有豪言壮语,吼遍世上一切愤世嫉俗,就算五位宰相级大员聚到一起,也不及一介小吏苏东坡,在存不住水的火山岩地貌中,替盼水的海南民众做一件看得见摸得着的善事。就像武汉战"疫"时节,待在一处安全的角落，说些纵横四海、激荡五洲的正确的废话，远不及想方设法为他人送去一只口罩或者一件防护服更加利国利民。

春秋大义肯定要讲，慷慨赴国也是不可违背的信条，二者皆是古往今来文人武将信守的底线和信仰的高度。来海南之前，苏东坡就在惠州说过，"只知楚越为天涯，不知肝胆非一家"。时至今日，反而是与五公没有半点瓜葛的浮粟泉最是流传。

五公一座祠，三叠浮粟泉。

人生在世，是张牙舞爪虚张声势，还是掘地寻泉润物无声？

此中辩证关系，值得后人深思。

二〇二一年六月二日于海口悦玺酒店545房

传说不识红树林

人的一生不知听过多少传说,也不知有意无意导演了多少传说,更不知哪些传说于人于己有着真真切切的影响,成为一段活生生的实情。哪些传说于人于己曾经有过一场真情的快乐,快乐一消失,传说也就消失了;哪些传说于人于己有过一些悲摧,悲摧一完蛋,传说也就完蛋了。传说是一种了不起的文化,很难想象,这个世界里忽然没有了传说,那样的日常人生,当是何等平庸,何等无趣。传说本身就是一种资质,太一般的东西,没有资格成为传说。当然,家乡是例外,家乡再平庸无趣,也会产生无穷无尽的传说。还有,边地也是例外,边地再陌生无感,也会随风飘洒数不清的传说。相对隔三岔五就能挖出几

● 生长在海水与淡水交汇处的红树林　《海南日报》社张茂/摄

样国宝级文物的荆楚江汉，海南就是这样的边地。或者说，并非海南盛产传说，是由于海南本身就是传说。

出海口东行五十几公里，就是那大名鼎鼎的东寨港红树林自然保护区。

前几年，在与海口隔琼州海峡相望的北海，第一次见到红树林。站在那树下，凭他们如何信誓旦旦地表白，我都以为那不过是民间传说的数据库中，补充了新内容。在东寨港茂密的红树林中，我将在北海听来的故事像传说一样传播时，同样是长江水泡大的那位才子同行，用单纯的目光回望过来，并反问一声：是吗？

我说的那话，十分简单明了：红树林是典型的植物，繁殖方式却是非典型的动物一样的胎生！曾经被我当成传说！又曾被我的年轻同行当成传说！更让我所能想象到的太多人当成传说！背后原因还是人们都在信守天理人伦，相信看似杂芜的自然，也在遵循着一定之规。敢将天地万物、仙风俗套无一不当成传说的非《西游记》莫属。在那些汪洋恣意的描写中，草木山石皆能修炼成精怪，却断断不敢去写一棵树可以怀胎数月，再生下另一棵树。幸得天下有此东寨港，沿海岸线几十公里的滩涂上全是因胎生而世世代代繁荣茂盛的红树林，连吴承恩都不相信的过于离谱的"文学废料"，才有机会实现从传说的似有似无，逆转成朝向自然神奇的无限礼赞。

正午的阳光将东寨港猛烈地加温加热，行驶在港湾中的小船顶篷恰好挡住所有阳光，给小小的船舱添了些许凉爽。从船老大身旁的播音器中传出来的话语说，公元一六〇五年，琼州大地震，陆陷成海，吞没了七十二座村庄后形成了东寨港。沿着弯弯曲曲的海岸线，平缓的滩面夹杂着曲折迂回的潮水沟，大大小小的潮水沟又将滩面分割得支离破碎。潮起滩没，潮落沟满，潮起树隐，潮落滩现。分布其间的红树植物十九科三十六种，其中真红树植物十一科二十四种，余下是半红树植物。红树的所谓"胎生"即专一生长在潮间地带的真红树种子在果实内部成熟之后，不用休眠，直接在果实里发芽，长成胎苗即脱离母体，坠落到淤泥中，或者海水里。落在淤泥中的真红树"胎儿"，只需区区几小时就能深扎主根，生发新芽，蓬蓬勃勃地活出一棵树的模样。那些落入海水里的，漂上几个月、游历数千里也没事，流落在异域他乡也是一种很好的活法。如此种种，很像在母体内发育的动物，一旦"胎生"，自有命运。

归根结底，传说仍旧是红树林的某种宿命。

谁让红树林是沧海桑田的过程，也是结论，更是对未来的指向呢？

相关研究发现，温度对红树林的分布和群落的结构及外貌起着决定性作用。赤道地区的红树林高达三十米，组成的种类也最复杂，并表现出某些陆生热带森林群落的外貌和结构，林内出现藤本和附生植物等。在热带的边缘地区，如在中国海南岛，红树林一般高十几米。随着纬度升高，温度降低，在红树林能够存活的最北端的浙

● 红树林宛如鸟类的家园　《海南日报》社张茂/摄

江中部海滩，红树林的高度已不足一米。相比之下，人类生命力的表现刚好相反，热带地区的人生得玲珑娇小，寒带地区的人长得威猛高大。这么想来，如果还认为红树只是一种树，还认为红树林只是一片林，总有一天这星球上所有从海洋中进化而来的人都会成为红树林的传说。

无论身在何处，身长何如，都会叹息生命有太多不如意，但在红树林面前，我们这些名叫人类的家伙或许就是传说。好在所有传说都无伤红树林的大雅。唯独以中国海岸之数据，所占全世界红树林面积的千分比只有个位数，这样的伤痛，已经不是红树林本身的问题，更不是传说层面的问题。

大自然在人类由海洋向陆地进化的交接处，安排这名叫红树林的生物，谁说不是给人类竖一面镜子？谁说不是给人类预设一种密码？说红树林能防风消浪，促淤保滩，固岸护堤，净化海水和空气，还能护佑天上飞禽、地上走兽、水中鱼类，甚至植株所含特殊物质，于人体大有益处，仅仅如此念头是解不开红树林这串密码的。红树林早就明白，一切赖以生存的环境都是靠不住的，都有可能发生翻天覆地的变化，与其仰赖天赐洪福，不如自身拥有主动适应不同环境的绝妙能力。迄今为止人类所做的一切都不过是借他山之石以攻玉，包括对待红树林，也不过是如何想方设法为己所用。单单一个生命力，看上去就已经拜在红树林的下风了。

或者可以这么说，同样是胎生，人类从海洋中"爬"起来时，只要犯些许错误，即使不可能长成这红树林的样子，也有可能成为又一种热带雨林中聪明的猴子。今日之世界，与其说人类干得不错，不如说是红树林替人类完成了更辛苦的使命。所以，保护红树林，本质上是在保护人类自己。对于人类，红树林不仅有着生态上的良好功效，还在于红树林的哲思践行，早已是人类的楷模。换句话说，只有将红树林真诚地当成一种信仰，人类才有可能进退自如，安然若泰。

二〇二一年六月三日于文昌红椰湾京伦酒店6313房

椰风铜鼓老爸茶

文昌这里，天下闻名的人有好几位，闻名天下的事有好几种。

得知我到文昌，家人朋友将那几样人事说了一遍又一遍。我的回应中全都没有与之对应的内容。

在文昌的那个下午，随行的一位海南女子非要请我们喝老爸茶。开始说时，没怎么听清楚，以为还是一般风俗中某某人的排行，就听成了老八茶。这事的缘起一半是头一天极度高温之下，很小的一件事引起的些许不快。出门在外类似这种磕磕碰碰的小事，过去了也就不存在了。负责陪同的这位海南女子像海湾里的风那样温暖执着，硬是将与她毫不相干的事当成了自己的错，记在心里不说，都已经穿山越岭，沿高速公路风驰电掣到了文昌，还要用文昌当地特有的闲适，消解本来就不存在的文昌之外的郁闷。都说了好几遍，文昌不是用来郁闷的，她那里无论如何也不依，不只是我，同行的所有人都得去。

去了才发现，文昌没有老八茶，只有老爸茶。

老爸茶还没端上来，一眼看到饮茶的地方，就有一种恨不得张开双臂拥而抱之的微醺。

这种未饮先醉的感觉，头一天到文昌，趁着夜色，放下每天必写一两千字的"海南日记"，挤出一个小时，沿公路旁的步道走上几公里，终于找到以月亮为名的海湾时，就已经出现苗头了。

书中读到的文昌，与双脚踏实了的文昌，二者间最大的不同，前者是人云亦云，后者是人云我不云，人不云了我才云。

不到文昌，很难想象那人所尽知长着双翅不会飞翔的美味，可以被同样是文昌物产的另一种小精灵所超越。这样的小精灵就算人在文昌，也不一定有机会发现。必须遇上格外好客、愿意对客人敞开心扉的主人，才能辨识。

● 海南文昌海边的老爸茶馆

从铜鼓岭下来,就被朋友的朋友邀去一家小店,那如雷贯耳的文昌美食闪着金光玉彩炫耀地摆在面前,主人偏偏只向客人推荐专门去市场买来请大厨做好的一种沙虾。在我们眼里只是长相要娇媚几许,整个模样也就是从南到北、从东到西,随便哪个地方,一年四季都能吃到的基围虾。主人深情而坚定地说,这种沙虾只有文昌才有,在当地菜场也要一百二十元一斤。那意思不是表明花钱多少,而是证明这小精灵确实与众不同。同行们尝过之后频频点头,还法外开恩准许因为眼疾禁食虾类与海鲜的我,可以破例尝一只。之后自己实在禁不住诱惑，将开禁的数量扩展到五只。果然这才是天下最可口的沙虾，拿起来剥那外壳，指尖上的触感润如暖玉，仿佛牵着了就不想割舍的某个纤巧手指。放进口舌间，先是清爽，再是清香，更加妙不可言的是咀嚼过程中能够接通小周天的清甜，不是荡气回肠，胜过荡气回肠。才晓得肉类食材一旦有了回甘，那迷人之处，一般的甜蜜根本无法比拟，舍不得，放不下，明明含在口中，仍旧不肯甘心——再往下的感觉就不好意思说出口了。

到了文昌，也还有主客两不相知的胜景。在通往铜鼓岭顶峰的古石道上，主人们不厌其烦地将海拔三百三十八米最高处那块被巨人随手放置的巨大岩石介绍成风动石，当主人的都曾亲手推得那块巨石晃晃动，至于十二级台风正面来袭，大石头是不是纹丝不动并不要紧。重要的是二〇一四年超强台风"威马逊"吹过铜鼓岭，最大风力达到了惊人的十八级，台风过后，这无根无系的风动石无丁点位移。站在清风吹拂的山顶，想那十二级或者十八级台风袭来，人若站在这里，恐怕只有两种选择，一是变

● 铜鼓岭上非光秃秃的崖石不肯生长的绿植

成一只蝴蝶，二是变成一片落叶，连眼皮都被台风吹没了。天旋地转之时，坐地日行八万里也感觉不到有丝毫晃动。反而是古石道旁边的几朵橙红色五角星形状的花朵，倒挂着的花瓣像小女生的巴掌握着十几颗黑亮的粒子，将路过的人一一吸引住。我问这是什么花，别的人也都这么问。古石道再往高处延伸，前方没有丁点裂缝的石坡上，硬生生地长出一棵劲草，仅靠落叶腐烂后的营养就神奇地活得青翠欲滴。我问这是什么草，别的人也都这么问。领着我们爬这山、过这岭的人，在这山岭上爬过了几百次，先望着这花，又望着这草，对着花他们回答，这就是花嘛；对着草他们回答，这就是草嘛。

那花是后来被手机里的看花软件识别出来的。

那草也是后来被手机里的看草软件识别出来的。

花名草姓，本不要紧，要紧的是花的名节，要紧的是草的性格。

能看见别人看不见的，再来看别人也能看见的，那海边绵延五十公里的美丽的沙滩岸线，那海中间相隔三四十公里也能一眼望穿的七洲列岛，那一次次上九天揽月的火

● 在铜鼓岭上看南海

箭发射场，不需要用心细想，也能懂得，与这片海洋搏击了半辈子的老爸们，又瞄向只有天际才能容纳的宏大目标。斯时斯地，一道老爸茶，配上一片洁白沙滩，既是人间来来往往的酬答，也是情长儿女们心心念念的温馨。曾经叫老霸茶，是因为海南人将爷爷称为老霸，顾名思义，这样的茶是侍奉老爷爷的。时代变了，日子也过好了，让老爸与老霸一道分享这片刻闲适，既有必要，也是必然。

老爸茶坊已在眼前了，果然是在一片让人贪恋欲连跳千百次的柔情沙滩。那场追着我们从铜鼓山上倾泻下来的暴雨，顺手替酷热的太阳冲了十足的凉。海风从椰林中钻出来，从头到脚轻轻拂过。爬铜鼓岭时，那位在古道上只爬到三分之一就中暑的"〇〇后"年轻人，随风从椰树后面送来一阵令人如释重负的笑声。

一种快意在心里轻轻地抖了抖。

有声音在说，人间清绝处，何必上瑶台。

二〇二一年六月四日于文昌红椰湾京伦酒店6313房

哪有儿孙不回乡

再伟大的男人回到家乡也是孙子!

这句话是十多年前写的,后来在一些场合上说过,再后来就不说了。

在文昌的第三天,到宋氏祖居公园,替我们讲解的那女子在前面迈着轻盈的碎步,直奔青墙黑瓦的老房子而去。熟悉文昌掌故的记者老吴平常习惯落在最后面,基本不出声,这时候忽然在身后轻轻招呼一声,并往旁边一指,带我们绕到另一条路上。

也就多走几十步,路边草地上出现几座坟头。这样的坟头倘若出现在偌大的祖居公园外面,没有人不怀疑是那没有儿孙祭扫的荒坟。在这公园内,这样的坟头虽不是荒坟，于一拨接一拨的人流侧畔仍倍显荒凉。坟头前立有韩姓先人的墓碑，很小很薄，左歪右斜，前倾后仰，气派是没有的，寒酸倒显十足。上面雕刻的字清清楚楚，姓氏名字背后的故事有点复杂，但也不是那种费解的无厘头。无非是让宋氏家族名扬四海的六个儿女，父亲却原来姓韩，只因婶娘可怜宋家小叔子没有子嗣，更可怜韩家兄弟日子过得艰难，从中说项后按旧时规矩将韩家老二过继由韩而宋，做了小叔子的儿子。这荒坟般的坟头下面埋着的才是宋氏家族真正的先人。如果真是那旷野中的荒坟，反倒不会引人注意。这样的坟头，原模原样保存在人来人往的宋氏祖居公园内，又怎能不让人想多呢？

于是想起久不言语的这句话——

再伟大的男人，也当记得回家之路；

再惊艳的女子，未必不是如此如此？

语言是人说得最多的东西，也是人越说越说不清的东西。

很好一句话，说得多了，可能变得好上加好，但也有可能变得不那么好。

作为男人，伟大或者平凡，在白发苍苍的乡亲面前永远都是孙子。话虽不错,也只能在外面说一说,真的回到家乡,最有文化的启蒙老师,也会嫌弃这是一句说了也等于白说的废话。然而,说话归说话,事情归事情。某年去浙江奉化,那与这边宋氏联姻的蒋家,好大好大的房子硬是缺了一角。原来那位执拗的邻居,无论如何也不肯将自家的住宅卖给大兴土木扩建祖屋的蒋家,软硬兼施都不得法,到头来,权倾天下的蒋家也只能一声叹息,让寒酸的邻居继续在隔壁寒酸下去。人在家乡,在外面闹腾得越欢快,越是打心里奉这话为九十九条祖训之外的第一百条,这样的儿孙,在家乡面前才算有点出息。

经过整修的宋氏祖居比当年的真相貌美一些,好比时下的美容,皮毛好看了,骨架无法改造。先前矮且小的几间屋子,是文昌这里典型穷酸人家。文昌人一定觉得这也太有碍观瞻了,才在这早就无人居住的屋子里里外外下足功夫,既不改头换面,又要焕然一新。好在有两棵硕大的小叶榕树,若近若远地长在屋外,向上的主干气冲霄汉,平铺的横枝宽阔能容,给人以借代或穿越之感,以为房屋的矮窄,是两棵树长得太近的缘故。话说回来,当年宋氏富可敌国，怎么就不拔一根九牛之毛，将父辈发祥之所在，弄得起码像方圆十里内的小财主模样呢？

一九三六年十二月十日，时任国民政府行政院代院长兼财政部部长的宋家三哥已经四十多岁了，终于荣归故里，在文昌中学礼堂发表演讲，描绘发展教育、培养人才、开铁矿、修铁路、建设清澜港的家乡宏图。还没来得及踏进位于古路园村小山丘上的只能过小农日子的小房子，震惊世界的西安事变突然爆发，那位著名的宋家四妹夫被爱国将领扣押，作为大舅哥的宋家三哥，一刻也不敢在文昌停留了。那句"自公一去无狂客"，说的是诗仙李白永辞山水。自君一去无乡亲，才是指宋氏家族这辈的三男三女中，唯一一位到了文昌，一只脚尖已经触碰到小叶榕树下那道门槛的宋家三哥。或许这就是人生，假若宋家三哥多待三五日，古路园村旁的这所小房子会不会变成某种豪宅，定将成为后人们胡乱猜测的话题。[1]

一九八一年春天，作为中华人民共和国名誉主席的宋家二姐宋庆龄先生逝世，遵其遗言将其安葬在上海万国公墓与

---

[1] 本段中历史资料均依据故居介绍著录。全书同。

父母相伴。二〇〇三年秋天，美艳一辈子的宋家四妹病逝于美国，从未给这对显赫的姐妹提供庇佑的宋氏祖居的小房子因此多了一层安详。除了宋家二姐，宋家大姐以下的其余五人中，宋子安死于香港，其他人全都死在美国，肉身全部冰存于纽约芬克里夫墓园的冰室内，此中含义不用言语而人尽知之。

高高的野生荔枝树上掉下一颗通红的荔枝，接着又掉下一颗，转眼之间第三颗也落将下来。领我们走遍宋氏祖居的女子，全身包裹得颇有宝岛风韵。她望了望地下，说这荔枝是可以吃的。见有人真的捡起来，剥开外壳往口中放，女子又说，这棵树上的荔枝有点酸，那边那棵树上的荔枝要甜一些。听她说话的人全都扭头朝着那棵树望过去，无论是路人还是当地人，谁也没有挪步过去。人生这颗荔枝，迟早要从树上掉下来。至于是酸还是甜，不是人自己说了算，更不会因为人生长或者人生短，滋味就跟随着或者酸或者甜自然变化。无论何种荔枝，都不是枝头上的长久之物，幻想鸟也啄不落，风也吹不掉，地动山摇也还要高高在上，是绝对不可能的。这边树上的荔枝有点酸，那边树上的荔枝有点甜，让荔枝树扎下根来的土地不在乎这是不是区别，更不在乎是不是要有区别。再甜的荔枝，是来自土地，归于土地；再酸的荔枝，也是来自土地，归于土地。

文昌这里所做的事，事关土地，而非为着土地上长出来的荔枝。

荔枝再好，没有土地哪能成？有了好土地，何愁长不出好荔枝！

家乡的小房子再矮小破旧，只要还在，就是回乡的最大理由。给在外漂泊太久的乡亲打理一下旧房子，让蒙尘的情愫归于清洁，这样的家乡堪称伟大。至于人本身，虚空的伟大百无一用。将大而无当的东西安排在他乡就可以了，回到爷爷的故乡，回到父亲的故乡，将自己长成孙辈的爷爷、子侄的父辈，这样的人生一天比一天过得踏实。

冰封在异域他乡的心血可以很冷很冷！

能静静聆听小叶榕树落叶的声音，悄悄品着野荔枝树上果实孰酸孰甜，如此灵魂才是温暖的。

这样的家乡值得回来，也只有回来。

二〇二一年六月五日于文昌红椰湾京伦酒店6313房

珠崖紫贝是文昌

在文昌，我曾心怀嫉妒。

人的一些情绪往往来得莫名其妙，上一秒钟还是好好的，下一秒钟突然冒出三尺高的无名火；太阳落山之前某人与某人还是好朋友，太阳重新升起来后二人就已经不共戴天。至于那种名为嫉妒的东西，哪怕古训早就做了"百善孝为先，万恶淫为首"的结论，也无法彻底否定嫉妒才是开在首恶头上的一朵邪毒之花。

这种突如其来的负面情绪，早些年去云南、贵州时就出现过，从心里羡慕那些地方，那些清雅脱俗、吉祥如意的地名，是如何设想出来的。作为地名，面朝南海，怀拥河山，如今名叫文昌足够惊艳，翻开史书，发现文昌之前名叫紫贝，往时光深处寻觅得再深一点，这紫贝之名是从更早的珠崖变化过来。不禁想起长江边的老家，按道理，那一带自神农炎帝到屈原，自杜牧、苏轼到废名，文脉浓烈得用一千年的长江水也化不开，取个亮堂堂有吉相的地名作为文化表记，是一件信手拈来不值得费心的事情。然而,那一大堆冠以黄字的地名——黄冈、黄梅、黄陂、黄安和黄石，让人说着伤心，想着更伤心，不明白千百年前家乡的读书人都干什么去了！

　　对家乡地名的伤心，是小伤心，更大的伤心是文庙。那些地名前冠以黄字的地方，文庙的一片瓦都找不到，想去文庙一表崇敬之心，只能翻阅县志，看看旧照片。再将范围扩大一些，在荆楚江汉全域，好不容易有个通山县，仅存了一副文庙的廊柱，便足以让远近文人奔走相告。文昌这里，我们顶着午后的骄阳，将一座文庙走上一遍，除了那一年十八级超强台风"威马逊"过境这里，大成殿门前有几幅雕花木屏被损坏，但很快就像完好无损般修复好了，只是状元桥前面，用于祭拜的那块石板一角有明显修补的痕迹，细细问过，那也是皇帝当朝的年代就已经有了的。别的地方，别的建筑，石块破了，找个大小模样差不多的石头补将上去就行，如此这般边边角角都按天衣无缝的标准来处理，不能不使人猜想这地下是否还有通往圣贤的某种暗道机关。

文昌文庙前，一切都如君子坦荡。一道礼门，骤然聚起凡尘里的圣明，穿过棂星门，上了状元桥，最核心的大成殿完好如初，那道中门更是从建成之日起，就不曾开启过，那是因为依照规制，只有本文庙所辖地域有生员中了

● 文昌保存完好的文庙，那座状元桥上从未走过满腹之乎者也的状元郎

状元，中门才得以大开。文庙里最有人气的文昌宫，旧时庄重依然，今日朝气蓬勃，再过两天就是高考的日子，宫阙上下挂满吉庆的红结与红牌，细看之下，有学生写道，能考上二本，心愿足矣。另有学生写的却是，一定要保持全年级头名。可见文庙之内，要铸造的文昌之心，君子皆知。

何为文昌？在文昌这里还有更生动的体现。

在龙楼镇山海村，现存有一块《奉谕示禁碑》。

该碑立于咸丰七年（公元一八五七年），由当时当地十四个村庄民众同立，是一块乡规民约碑，内容涉及生产生活与林木保护等。碑文开篇即说：近来盗贼滋甚，此非风俗之偷，实由乡禁之不玄耳，遍开名都图皆有弭盗要策，独我处此举未备。意思是说本地近来偷东西的人很多，但绝对不是所谓窃书不算偷那样的风俗，而是屡禁不止，人叫不应，鬼叫飞奔。别的地方都有防患于未然的办法，我们这里却没有设置一些规矩。碑文随后再说，今圆得云梯岭四面遵圣谕联保，以弭盗贼之条……务使游惰者警，狗盗风熄……风俗还淳则乡宁……敬将条规开勒于石。意思是说现在我们这一带也要遵圣谕实行联保，弄一些消弭盗贼的条律，警告好逸恶劳的人，平息鸡鸣狗盗的风气，只有回归淳朴的乡风才过得上安宁的日子，特地将这些条律刻成碑文。

这些刻在石头上的民间条律说：窃盗家财衣服耕牛捉获者，赏钱一千六百文，窃盗罚钱演大戏三本；窃盗家器物件捉获者，赏钱五百文，窃盗罚钱演小戏三本；窃盗田园物业捉获者，赏钱一千五百文，窃盗罚钱演小戏六本；窃盗小六畜、海子棠、乱斩青叶树木各物件者，随众议罚，捉者随众议赏；窝盗者与捉盗私和者，加倍议罚，有家当为盗者，任众重罚，捉者赏亦加，接贼者同窝论；凡提盗者俱要连状送出方准有赏，不得凭例呈凶过甚，若窃盗有不遵罚，恃强撞命者，众例担当送官究治，与捉盗者无干。

阅读这些具有民间自治性质的条律，对文昌这里的乡风民情欣喜有加。

天南地北，各地人众对付梁上君子的方法，无不是捉将来捆绑示众送官，沿途吆喝呐喊，极尽羞辱之能，往往弄得贼心不死不说，日后还会破罐子破摔弄出更大的动静。似这样将从窃盗者那里收来的罚款，请戏班上门来，或演大戏三本，或演小戏三本、六本。将儿女情长的《槐荫记》《琵琶记》，忠义壮烈的《六国封相》《单刀会》，以及诙谐可乐的《搜书院》《狗衔金钗》等戏牌高高挂起，四乡八邻的人们拖儿带女赶过来，看戏的看戏，看热闹的看热闹，与其说是处罚那些习惯偷鸡摸狗的乡邻，不如说是将坏事变成好事，将缺少仁信礼教见不得人的丑事，变成用民众喜闻乐见的方式，教化何为正气、何为美德的文艺公开课。

文昌之文，并非遍地乡亲人人都在那里凿壁偷光，悬梁刺股，不食人间烟火，只为能将圣贤之书读得滚瓜烂熟。文昌之昌，也不是五里一秀才，十里一进士，得中几位能开启文庙中门的状元郎。诚如站在大成殿中门前的那番谈笑，古来读书人最春风得意的不是金榜上的头名状元，而是第三名的探花。状元郎多数是那一半想着光宗耀祖，一半为着定国安邦的半老头。反而是退而求其次的探花郎，常为青年才俊，最有希望成为东床驸马，成就才子佳人美事。文昌这里那好不容易定下来的乡规民约，竟然让那些鸡鸣狗盗的讨厌鬼，给乡亲们送上三本大戏、六本小戏便万事大吉,看似将明明白白的王法弄得像是没有王法了,实际上,是那烟火男女对探花郎另类崇拜的民间文风。

这民约还开宗明义地指出,邻里之间的这档滥事,不是"风俗之偷"。在内陆中原向来有"摸秋"习俗,中秋之夜,地里的收成眼看着就要到手了,家家户户的孩子夜里邀约出外将熟透的瓜果趁天黑摸索着摘下来,能吃的当时就吃个精光,不能吃的大大方方带回家,交给家人做熟了再吃。但凡被摸过秋的人家,一点也不恼火,嘴里面远远地喊着话驱赶那些顽童,内心里却是开心极了,孩子们喜欢"摸"的"秋",总是收成最好的那些田地。孩子们"摸"的"秋"越多,主人家就越开心。民约中还强调,对有家当的偷窃行为,乡亲们可以酌情加重处罚,本来就是如此,明明有一副好家当,还要去偷,那就不是为生计所迫的"巧取",而是贪心不足抢劫一样的"豪夺"。

一块碑文很清楚地道出文昌之所以是文昌,此地气象大不相同的真谛。

文脉也好,文运也罢,看似虚得不得了,不可能存在,实际上有迹可循。

唐朝时上上下下喜欢用文昌之意，玄宗皇帝李隆基也有诗云，八座起文昌。唐朝文武双杰骆宾王有诗云，荷笔入文昌。其余的人，比如郑谷说天意眷文昌，公乘亿说北极伫文昌，宋之问说流火度文昌，孙逖说相望在文昌，权德舆说空此愧文昌。就连古来天下第一奸臣李林甫也乔装打扮貌似谦逊地写过一句，虚薄忝文昌。中国历史上有大唐气象一说，文昌流行，功不可没。

太虚妄的东西成不了道理。

道理是需要落地生根、开花结果的。

文昌二字仿佛是文昌人的座右铭。天天念诵，事事记得，自然比没有座右铭的人多一种人生力量。

二〇二一年六月六日
于琼海博鳌和悦景澜海景度假酒店 1404 房

去年今日此海边

二〇二一年六月六日，从文昌转来博鳌，正值午后时分，猛地想起一件事，不由得心里轻轻颤抖了一下。我赶紧打开手机，找到去年六月六日中午十二点四十四分，堂弟发给我的微信。

"父亲用手指在写你的名字，应该是想回老家了。"

"在想亲人了！"

后面这话是我的回复。

这句话的最后是一个涕泪双流的表情。

堂弟的父亲是我的三叔，长得高高大大，身体一向结实，父亲与二叔在世时，都说他俩的身子骨加在一起才与三叔有得一拼。三叔八十一岁了，看上去只有六十来岁。

三叔比他的两个哥哥有福气，退休生活比上不足，比起哥哥们却绰绰有余。多年前就开始有规律地来海南岛过冬，虽然冬天没有雷，于他们却是雷打不动，每年十一月来，第二年四月回返武汉。在我们家，爷爷从不抽烟喝酒，前半生受到太多屈辱与折磨，也活到八十八岁。父亲从不抽烟喝酒，同样是八十八岁去世。二叔和三叔也是烟酒不沾，二叔活到八十大几，三叔去年年满八十一岁，还能夏天上大别山避暑，冬天到海南岛驱寒，所信奉的是生命在于运动，而不是那些任性胡诌的怪论。

二〇一九年十二月中旬，刚刚结束俄罗斯的访问，就来海南参加第四届中国文学博鳌论坛，因为时间太紧张，没顾上联系当时已在博鳌的三叔，只是记起三叔年轻时的故事。与哥哥们相比，三叔的人生要浪漫一百倍。三叔是我们家的第一个中学生，毕业后参军入伍，后转业到一家涉密部门工作。高大英俊的三叔爱上了一位美丽娇小的武汉姑娘。一九六九年冬天，三叔带着他的新娘第一次到我家，父亲将他们安置在区公所的一间客室，算是度蜜月。每天早上，自己领受爷爷交给的任务，去喊他们回家吃早饭。隔着窗户叫过三叔三婶后，自己就会不好意思地躲到一旁，不敢跟在他们身后穿过小镇。那时候区公所改名叫"革委会"，小镇上还有戴红袖章的人群。三婶挽着三叔的手臂穿过的街道不足两百米，引来目光却有万余丈。三婶挽着三叔手在前面走，落后老远的自己，心里总觉得三婶就是白茹。那时候，我们只在《林海雪原》和《钢铁是怎样炼成的》中见到过爱情。那些躲在自家门后偷看的小伙伴，却一致认为三婶是冬妮娅。伙伴们说三婶是冬妮娅，带着那个时代并无恶意的贬义。反而是镇上那些戴红袖章的人，写了一张满是恶意的文字张贴在街边的专栏上，威胁要揪斗批判。三叔的样子这时候显得格外伟岸，他没有生气，也没有退让，略显旁若无人，实则视若无睹，在那小镇上继续他们的爱情。

再次来到博鳌，当地人都说，好几年没有这么凉快。这里所说的凉快是建立在当地的六月天气基础上。每一棵树都是一首诗的椰林里，凉风习习，水线沙沙，树影婆娑，人影闲闲，无边无际的大海就在身边，却没有那种咸湿气息。想起去年以前的三叔，情不自禁地认为，三叔一定像当年在大别山中那样，挽着三婶的手臂走在博鳌的那些椰树下。

去年春天，离汉通道开启时，曾给堂弟发微信，问三叔的情况如何，什么时候返回武汉。堂弟正在海上冲浪，稍后才回复说，老人家很好，正在商量回武汉的时间。才过几天，堂弟突然来电话，还没开口就抽泣不止。不用堂弟多说，自己就晓得大事不好，但又不愿相信，黎明已经照亮大地，好日子都回来了，如何还要让人万般孤苦，望天涯一哭？然而，事情就是如此，武汉战"疫"前一个月，三叔就来到博鳌，本以为会躲过这场瘟疫，想不到只是被空调吹了，有点感冒，竟然发展成燎天大祸。那一阵子，谁都不会因为小小感冒跑去医院，宁肯在家吃感冒药，也不想尝试步步惊心。过了几天，发烧咳嗽很厉害，不得不去医院，诊断为普通肺炎，又只想来回跑着打针，不肯住院治疗。拖了几天，病情更严重了，检查发现整个肺部全白了，三叔又不肯待在重症监护室，五位护士都按他不住，只好由着他，回到普通病房。

二〇二〇年六月七日下午堂弟再次发微信。

"父亲已经于下午四点二十七分在昏迷中离开我们！"

"长天一哭，三叔好走！"

我无法说别的，只能回复八个字，后面又是一个涕泪双流的符号。

整整一年后的今天，从上午十点到下午四点，一直待在南海博物馆。之后的时间，去到潭门渔港，呆呆望着因为休渔停泊在港内的渔船。去年的此时此刻，堂妹堂弟牵着三叔的手，直到他呼吸完人世间最后一口清洁空气，感觉就是一只大船泊在港湾，永远不再出海了。父亲走的时候，我不在他身边，他没来得及对我说说话。二叔走的时候，我也不在他身边，他没有来得及对我说说话。三叔去年今日走，我还是不在身边。但是，堂弟对我说，弥留之际，三叔无法言语，就用手指，不断地写着我的名字。隔着幕阜山，隔着五指山，隔着洞庭湖，隔着琼州海峡，我明白三叔的意思！三叔的安好，维系着我们家上一代男人的存在。三叔在，上一代人就在。三叔不在了，就该由长子带着下一代人完完全全地顶上来！

人生最重要的节点，总在两代人的交接处。

● 南海人时时刻刻心心念念的潭门镇，只要一丁点水，就会泊上一艘渔船

南海博物馆则是一个民族两种命运的交接处。

三叔的命运代表了他们那一代人的苦涩与功成，三叔这辈子都在长江边生活，最后时刻选择了与壮阔的南海相融合。三叔这辈子打交道最多的是家乡的芭茅草，最后的日子里长满了高大挺拔硕果累累的椰树林。从芭茅草的日子走过来，瞄着椰树一样的理想，这已经不是死亡了，而是永生的又一次尝试。

二〇二一年六月七日

于琼海博鳌和悦景澜海景度假酒店1404房

万泉之意在于河

在海南这几天，总听人说，椰子怕鬼。

初听时很是惊奇，之后就不太在意。

站在万泉河边的椰子树荫下，又有人讲这故事，说椰子怕鬼，在荒无人烟的地方，椰子树是不结果实的，即使有果实也是味道不好、营养不佳的残废果实。人越多的地方，椰子树长得越好，结的果实也越多，椰汁清甜，椰肉嫩稠。房前屋后的椰子树比那长得再高也看不到人家屋顶的椰子树长得更好，结的椰子也要多很多。说这故事的人，平淡得心如止水，是那种为了说而说，由于说得太多，说过度了，舌尖都不用打转转就能完整地讲出来，至于是不是故事的本义，那又是说者无心，听者有意了。

从出门之时算起，到海南快十天了，有些想家了，想睡惯的枕头，想坐惯的沙发，想山溪里这几年又有了的马口小鱼，想后门外露台旁新栽的几棵修竹，特别是来到这万泉河边以居家闻名的侨乡村落蔡家宅，此意更甚许多。人言落日是天涯，望尽天涯不见家。默念一遍类似诗句，想法愈发浓烈。好在到蔡家宅是上午，太阳升起来的时间不长，离落日景象还有足够的距离，高温之下流不尽的汗水，也将思念之情冲淡和化解了，且人的惰性一旦从心里冒出来，值此地步，有一片荫凉遮蔽，相较家的温馨安宁，更具有现实意义。

村头有一条用废弃铁路枕木铺陈的便道，此时此刻，正好有大片树荫铺在飘着焦油气味的枕木上，人往那太阳晒不着的地方一站，如同置身清冽的万泉河水之中。再听一听那椰子怕鬼的故事，仿佛有幽幽的风在后背上轻轻拂拭，在给三魂七魄降点温。

海南的太阳是这个世界上最尽职尽责的，还没到正午，就将河面上的清波晒成了一层火膜。听得见鸟叫，见不到鸟；闻得出鱼腥，见不着鱼。上午的蔡家宅，毫无保留地将一座小小的留客渡交付给骄阳,使得那条伸向河中央的栈桥,成了一副巨大蒸笼里的蒸格。外来人和本地人都害怕站上去被蒸,连目光都躲躲闪闪,担心灼伤,不敢停留。

万泉河边的蔡家宅,下南洋的人很多,他们从不说南洋风,南风凉的时候叫南风,南风热的时候,还是叫南风。眼下这种季节,在蔡家宅以及留客渡的记忆中,万泉河上刮得最多的是南风。南风刮得越多,远走南洋的亲人回来的可能性就越大;南风刮得越猛,远走南洋的亲人回来的路程就越短。那在别处令人恨之入骨的台风,就因为是从南洋一带刮过来的,而让这里的人哭喊着笑,欢笑着哭,渴望从南边吹来的台风里出现一面大帆。实在等不来这样的白帆,就会回过头来好好伺候向北倒下的椰子树。台风从南边来,顶不住那股神力的椰子树,只能顺风势倒下。这样的椰子树,像是一个接一个的航标,沿着弯弯曲曲、浅浅深深的航道归途,从南洋开始,直到每一家的家门口。这样的椰子树倒了也就倒了,只要不是倒在家门口,没有人会劳神费力去扶正它,更不会违反台风法则,将

● 万泉河边的留客渡

倒在地上有些难堪的椰子树，扶起来旋转九十度。蔡家宅这里更是如此，那些顺风势倒下来的椰子树，过了几年，就会向上转过九十度，让树梢重新向着天空垂直生长。

椰子树只会顺风向北倒。

倒下来的椰子树，都在给下南洋的男人指引回家的路。

关于南洋的概念接触多了，难免会想起小时候，湖北一带年年都会刮南洋风。南洋风来时，要么是午后小憩之际，要么是晚上乘凉时候。南洋风一来，眼看着大树小树被刮得很张皇，一丝凉意也没有，热气腾腾的像是从蒸笼里吹出来的，将本来就热得不行的气温忽地拉高一大截。大人们每每说南洋风来了时，哪怕是三伏天，无遮无掩晒在屋外的衣服也难得干透。也不知是从什么时候开始的，南洋风没有如期而至。等到大家发现时，都已经过去很多年了。有一种说法，南洋风不是不来，是城里和乡下都不再有乘凉的习惯，南洋风来没来，谁也不知道。这话当然不对，南洋风来时从不会静悄悄的，时间短的也有一天一夜，时间若长一点，三两天都是有可能的。没有南洋风，甚至南洋风这个词也不再有人提及。

就像是今天的人不再把下南洋当成发家致富的捷径，南洋风也就成不了气候。直到前两年，夏天又开始刮热风，那天这热风又起时，正与邻居站在院里议论，突然有人说，南洋风来了！一瞬间里，自己也想起来。天地之间有太多事情，不是人所能说清楚的。湖北一带南洋风的时有时无，肯定与大气环流相关。这不是传说，也不是故事。

那些有目的的传说，都是有情怀的。

说椰子怕鬼，只有生长在村落人家附近，才会结出招人喜爱的果实，分明是在暗指椰子树宛若海南女子。亭亭玉立的女子一年年站在家门前伫望，只盼着一年年长在心里的那个男人早些回来。"一去一万里，千之千不还。崖州何处在？生渡鬼门关。"这种描写被朝廷贬谪至海南的落魄官吏们的诗句，是相对他们之前在中原过着锦衣玉食的生活而言，如果整个海南真是鬼门关，那世世代代生活在万泉河边的人岂不都是妖魔鬼怪？对舍命前往南洋的海南人来说，比海南有过之而无不及的南洋，又该如何形容？就在这眼前的留客渡上，蔡家宅的老主人，当年与十八位同村人一道上船，最终回到这留客渡上的只有三个人。用这诗句代指漂洋过海去南洋讨生活的路途之艰难，或许才是百分之百合适。

从五指山一路流淌下来的万泉河，所汇聚的何止一万股泉水。

每一股流经不同人家的相同清泉所见过的椰子树数也数不清。

每一棵椰子树所蕴含的人间情意却是清清白白，丝毫不作掩饰。

说椰子怕鬼，说椰子树只会顺风倒向北方，所在意的是每个人的家和家乡。

二〇二一年六月八日于三亚大白鲸驿站2459房

莫把南海当天涯

一道高过一道的涌浪终于出现了。

出来整整十天,就是为着这一刻。

南海!南海!我一直用各种各样的方式赞美的南海!

南海!南海!我一直用各种各样的时刻想念的南海!

这之前,见识过五公祠,见识过红树林,见识过老爸茶,见识过铜鼓岭,见识过宋氏祖居,见识过圣贤文庙,见识过清得令人心软的万泉河,还有其他等等,于我内心,这些都是从文化情感到自然知性的铺垫,都是为了更深情地亲近南海,更深刻地固守南海。

无论怎么说都可以,反正就是一条——

那个去过一次南海的人是我。

那个又去过一次南海的人是我。

再次得到丁点机会就赴约奔来南海的人还是我。

下午一点过后,"琼三亚运 86399"号渔船驶出三亚最南端、离我们要去的目的地距离最近的崖州中心渔港。

停泊在港内的千吨以上级大船,船首高昂,整整齐齐地排着长队。这条五百吨级的小船,鸣着长笛,贴着它们腰间不无骄傲地缓缓驶过。钢铁打造的大船们不知如何作想,上面的船工和水手,不怎么情愿地挥动双手,海风吹过那比深海海水还要黑几分的手臂时,那样子不像是手臂在动,而是由于海风在动,不得不勉强随风摇摆。

或许这是休渔期常见的情形,习惯在南海的惊涛骇浪中待上半年,也不情愿在港湾的安静闲适中懒散半日。这样的情形,与第一次和第二次到南海相比较,自己的内心也有了前两次不曾有过的感觉。

租借来的渔船载着一帮考古队员,连同我们几个随队采风的男女,将船舱上上下下挤得满满的。除了船工,大部分人是第一次出海。似这样凭着一叶渔舟,去往天涯海角之外的南海,对于我也是第一次。接下来要与温情的南海相处整整十天,也是第一次。要与狂暴的南海相处整整十天,也是第一次。

● 出南海最便捷的崖州中心渔港

前不久，去北京参加一个文学活动，见到陈忠实的儿子。听说是我，他马上过来打招呼。我们面对面站在喧哗的人群旁边，说了很长一席话。在他看来，父亲去世之后，朋友同行写了许多纪念文字，其中最好的是我写的那篇《去南海栽一棵树》。他说他读了好几次，每次读来都会笑一阵又哭一阵，哭一阵又笑一阵，觉得活生生的父亲还在眼前。我自然晓得这篇文字的与众不同，那是陈忠实去世时，自己强忍眼泪写下的，其中又以自己在海南岛与老陈偶遇，然后结伴在南海边缘上转了一圈，中途登上一座小岛，联手栽了一棵椰子树的经过为主要内容。那也是自己第一次踏上南海碧波，从此对南海有了感性认识，当然也包括对老陈有了感性认识。事实上，这时候的南海，还没有彻底形成无可替代的风景，只要说起南海的事，免不了会捎带上陈忠实。甚至不只是海，也会想到陈忠实。

来南海之前，被拖去本省电视台《戏码头》节目组当嘉宾，头一回观看秦腔版的《洪湖赤卫队》，觉得太不可思议，西北黄土高原上滴水贵如油，无论秦腔盛行到何种程度，怎么可以将"洪湖水，浪打浪"唱得像甘露降临那样迷人?好在我马上想起陈忠实头一回站在武汉东湖边,发出一声灵魂喟叹,这哪里是湖,简直就是大海!文学之心,艺术之魂,见山知海,遇上沙漠戈壁,心里涌起万顷波涛,说起来是一种叙事技巧,写起来却是万变不离其宗的命运。曾经将武汉东湖感叹为大海的西北汉子,以黄土高原之心来比南海,南海的内涵与外延,是要多出一种贤哲趣味的。湖北虽然有千湖之省的美名,真的将一千座湖泊汇聚到一起的体量,也不足以构成南海的一角。以江汉之人的眼界来看南海,基本等同于西北汉子眼中的东湖。

人生之中,那种目光无法完全抵达的观看,所使用的不是眼睛,而是心灵。

心灵通透了,一滴水可以观大海。反过来,汪洋大海也可以看成是一滴水。

"琼三亚运86399"号渔船以十一节左右的速度在海上行驶。

过了碧蓝海水区,进到深蓝海水区后,浪越来越大,大多数人都扛不住,纷纷找出晕船贴,粘在自己的耳根与

● 搭载水下考古队漂洋过海的渔船

肚脐上，手脚慢且反应重的人已经趴在船舷上，难受地对着海浪发泄难受了。

算起来，这渔船上我是长者。

一上船我就提醒几位兴高采烈的年轻人，南海在某些方面与青藏高原的性情差不多，你对它表现足够尊重，它对你就会还以谦谦君子之礼遇。万一蹦蹦跳跳过头了，不知哪一个浪头轻轻顶一顶船体，就会将船上的人打回原形。我的这点经验是第二次来南海时积攒下来的。

第二次来南海是二〇一六年七月上旬，那一回我们的队伍颇为雄壮。一路上所乘的船只吨位之大，也配得上这雄壮。正所谓大有大的难处！船再大有南海大吗？船再舒适能比得过海边那白如散雪的柔美沙滩吗？七千吨级的船，被我们看成是大船，这样的结论南海根本不会承认，只用一个小时，就将上船后手舞足蹈只顾开心的那些人，折腾得东倒西歪，乖乖地躺平在各自的小床上。在南海面前，那些若能称重，至少是亿万吨级的岛屿礁盘都是乖孩子，人在南海面前如何区分，从来就不是南海账簿需要记下来的事情。

惯于教诲人的南海溅一朵浪花足够醍醐灌顶。

惯于与浪花相处的船工安然坐在船舷旁与南海做伴。

观察他们的模样，无非也是那百行百业中做久了的老师傅，把深奥不当深奥，将厉害不当厉害，既不是兵来将挡、水来土掩，也不是逆来顺受、听天由命，反倒有些守株待兔的况味。待在南海这无边无际的课堂里，或是恭听师授，或是自学成才，只要不骄不躁，慢慢地总还可以学得一些要领。

一艘全身雪白的船出现在前方的海平线上。我们的船紧走慢走，它都在那里，不大不小，不远不近，正以为会长时间陪伴下去，忽地一下，那艘白船就消失了，像是前方有座如同巨大山谷的海谷，说不见就不见了。在那全身雪白的船看来，我们的船一定也是如此。

海水越来越黑，连天际也染黑了。

人还是那么多的人，说话的也没有减少，船舱和甲板却安静下来。任凭烟火话题说得活色生香，这一刻也已经深陷苍茫，不与知之。

夜深的某个时刻，后方传来消息。

有台风正在南海海面上生成，十二日前后会影响我们将要到达的目标海域。

我经历过陆上台风，那是在宝岛台湾的台北市，台风来时，还特地出门到外面站了两分钟。

我还经历过海上台风，第二次来南海时，有台风预计与我们相同时间到达相同海域，我们一点也不敢耽搁，赶紧掉转船头，提前两天返回文登港。

这一次，台风又不期而至。船老大满脸沧桑，将所有情绪，尽数藏在黑得像珊瑚礁、皱褶也像珊瑚礁的宽大脸庞深处。在他身旁站着年轻的考古队长小贾，他波澜不惊地表示，我们的船会停在礁盘里，不会有事。

没有惊奇就不是南海，没有惊喜也不是南海。

然而，再大的惊奇、再多的惊喜都不是南海。

因为，只有南海才是南海。我们想去南海，南海就在南海，而不是天涯。

二〇二一年六月九日于三亚至北礁途中

有一种鱼叫海狼

昨晚，年轻的考古队长小贾在渔船右舷过道上预告说，明天早上五点，我们的船会到达北礁，然后停下来进行考古作业。

因为二〇一六年七月那次来南海，在船上的头几个晚上都没有睡好过，第三次来南海，船又这么小，不仅没有奢望在船上睡个好觉，连大肆晕船的心理都已经准备好了。来南海之前，凭着前一次海上的经验，虽然尽一切可能做了预案，还是有事先一点没有想到的情况发生。自己早已记不清上次与不是家人的人同住一个房间是什么时候，这一次要在不到五平方米的舱房里塞进两个人，况且对方又是高个。提着行李进舱门的那一刻，我们都不知道如何转身，好不容易将行李安顿好，各自找了个角落坐下来，谁都不想说话。那种憋闷，仿佛只要一出声，房间就会爆裂。让人意想不到的是，渔船轰轰烈烈地走了一夜，自己居然睡得又香又沉。前一阵，因为治眼疾服中药久了些，夜里总在做梦。在渔船上的第一觉，既没有在陆地上梦见海，也没有在海洋中梦见大陆。

一觉醒来，差一点将满室霞光逼人当成了梦境。

海上日出，那气象才称得上万千瑰丽，那气魄才是真正的恢弘伟大。人还没有离开枕头，一朵彩云随随便便地钻入方寸大小的舷窗，舱房里马上升起许多祥瑞。

船舷旁有说话声，是早起抢着拍摄海上景致的记者，听他们说船停下来了，连忙从贴着地面的铺位上爬起来。

打开舱门的那一刻，一座巨大的灯塔扑面而来。

昨天夜里，年轻的考古队长就说过，北礁有一座灯塔，还对一位不会游泳的女子说，塔里没有水，可以上去看看。

北礁灯塔建在礁盘内，位于西沙群岛最北端，是马六甲海峡至我国南方港口必经航线的重要助航标志，也是我国的领海基点。灯塔高二十三米，有三百七十五毫米电闪灯，每隔六秒闪白光两次，射程达十五海里；还安装有雷达应答器，在能见度低的雨雾天气，过往船只只需用航海雷达扫描，就能发现灯塔的方向和位置。

考古队来这里不是看灯塔，是要调查礁盘内水下文物分布情况。二十世纪八十年代，这里就发现有宋代四系青釉瓷小口罐、双耳小洗，元代龙泉窑的青花釉大盘，更有唐开元铜钱、宋神宗元丰通宝、明成祖永乐通宝等古钱币数万枚。站在渔船上，不远不近地看着北礁，形容考古队员的眼睛里有着元青花一样的色泽肯定没错，即便将其目光想象成"孔方兄"也是考古人员职业使然。

爬灯塔，看灯塔，是我们的爱好，特别是南海这里，一座灯塔的意义远远超出灯塔本身。白天里，高大的灯塔象征中国的身影；到夜里，灯塔上的灯光放射出中国的光明。

朝霞还在东边的海平线上叠彩，不经意间，一道彩虹腾空而起，像是要将半个南海带上蓝天。

说不上是开玩笑，我与一位考古队员说，你们这回出海，一定可以找到些宝物。

这话让别人听来有些戏谑，在我心里并不缺少应有的真情。

那队员讪讪一笑。之后几次，在船舷或甲板上碰见时，他脸上的讪笑还明显挂着。这之前对方曾羡慕我，不是羡慕我个人，是羡慕我们湖北，这些年动不动就登上"年度全国十大考古新发现"。南海这里与内陆不一样，陆地考古，从洪荒时代的化石、高古的石器、商周的青铜，到依次而来的秦和两汉、唐宋元明、清末民初，总还有文化脉络可寻。比如那正史中并无痕迹的龙脉地相、王侯寝地，无非沿袭风水地学那一套。有时候，哪怕照本宣科，也能有意外收获。南海宽阔，水做的海面，只有浪花之间才有异同。可那浪花只是关乎风大风小、水浅水深、潮缓潮急、月黑月明，与人文历史八竿子打不着。唯一的线索是某些礁盘，紧挨着主航道，却又诡谲多诈，不定什么时候，就让某位船老大中了邪魅，鬼使神差地对着礁石冲将上来，将一只大船，连人带货尽数撒落在礁石之间，连泡沫也不留下一朵。

如同警方欲破无头案，总是预设一种针对某个有前科人员的意向。

在考古队诸位的心目中，北礁正是有着如此嫌疑的重要对象。

"琼三亚运86399"号渔船在灯塔附近，随海水海风晃晃摇摇时，一艘舷号为"中国渔政301"的执法船远远驶过来。大约还有一千米时，执法船在我们的渔船前面画了一道美丽的弧线，扭头驶向南海深处。大家冲着随船的队医说笑，问是不是他朝对方要四十八小时内的核酸检测证明，人家拿不出来才悻悻离开。从昨天中午出发，这一路相关执法检查遇上好几次了，都是考古队小贾队长用高频电话与对方沟通。

与南海面对面，不是南海没有幽默，而是南海的幽默人类还不太懂得。对南海的良苦用心，人类也时常表现得不太及格。

从清晨直到午后，我们的船一直在等待大潮退下，水深从二十米变为十五米，再进到礁盘里考察那些因故留在水底的隋唐陶器、明清瓷货。经验丰富的船老大一开始是打了包票的，准保午后时分进到礁盘。等到他说可能要到下午三四点钟大潮才能退干净，那话已经有些许犹豫。

海上的风浪有些不对头，与船老大不一样，我们的判断不是凭借风口浪尖多多少少的变化，而是两位原本已经不晕船的女士，又开始明目张胆地晕船了。

关键是后方也有信息传来，台风真的要来了。

也有学究一些的说法，受南海季风和热带低压共同影响，将有一次较强风雨天气发生。

南海的风浪从来就不会由得某人说了算。

有时候，人说的某些话，南海还是听得进去。

比如有人将考古队小贾队长的话变通一些说，这么大的浪不算啥，交通艇可以将人送上灯塔，只不过你得留在灯塔上，一个人过几天小日子。这话是针对虽然晕船却还执着地想上到灯塔，以证明自己已经脚踏南海以及三沙土地的那位女子。小贾队长的原话只是说，浪太大了，交通艇驶过去没问题，只是没办法靠住灯塔。

说这话后，北礁礁盘中的浪头似乎小了许多。

小贾队长与船老大一合计，还是决定改变行程，立即掉转船头，直奔永乐环礁中的甘泉岛。北礁这里，留待整个行程回返时，再来一次。

接下来的四小时，南海上空风雨大作，南天下面浪涛滚滚，好几次自己险些没有挺过晕船的关键节点。

小贾队长与船老大配合得挺好，每隔一阵，就有一个人出来说，等船进了永乐环礁就没事了！

渔船上的高频电话，不时传来信号台发布的台风警报提示，每一次都会问："86399，你们去哪里躲避台风？"这一次，小贾队长和船老大的话倒是很灵验。当然，南海在这里一定有一条预设的平安线，只要报出某个岛屿名字，高频电话中的对方就会轻松回答一声"好的"。

在大风大浪中颠簸四小时后，小贾队长和船老大明显松了一口气。

因为，本是用来捕鱼的考古船，终于进到甘泉门了。

南海的平安线，是一道周长达数百公里的环形礁石，环礁外面像断崖一样水深直达千米以上，环礁内却只有几米或几十米水深。而在这长约二十四公里、宽约十七公里、面积接近三百平方公里的环礁以及被环礁围成的潟湖上，天然生成有甘泉门、老粗门、全富门、银屿门、石屿门、晋卿门等六座关隘一样的通道，大大小小的船只，唯有经过这六处水道才能从千米以上的深海区,进到几米或几十米的浅海区。这环形礁石与潟湖被称为永乐环礁,实实在在就是为南海之上的人们画出的一道平安线。

我们的"琼三亚运86399"号渔船经由甘泉门驶进环礁内,南海便如处子一样安静下来,甚至将于朝霞中出现的彩虹,又在大片乌云一侧隐隐约约重新显露出来。

在内心里,有些不好意思,从早到晚奔波了这一大圈,一枚瓷器残片都没见着,连昙花一现的彩虹心意都辜负了。

可惜天黑了,要做的事都得等到明天。

剩下的时间是用来欢呼的。

有人钓着一条巨大的海狼[①]。

还没睡觉的人全都跑到甲板上,看着那条壮硕如鲨鱼的大家伙,长着一只恶狼般的脑袋,微微张着大嘴,露出两排锯齿一样的牙齿。

船老大拿起一把白晃晃的菜刀,极其熟练地将海狼宰了,开膛剖肚,去掉鳞片和鱼皮,细细地切成薄片。船老大手里做着这些,嘴里说海狼太厉害了,正常情况根

---

① 因鱼头模样像狼头,当地渔民称这种鱼为"海狼"。

本钓它不着，就算咬着鱼饵，也扯不上来，不是一口咬断丝线，就是一口咬断鱼钩；是你们有口福，海狼的鱼鳃被鱼钩钩住，才钓得上来。说话时，船老大还亮了一下菜刀刀背，海狼被拖到甲板上，他用这刀背猛敲了十几下，才将海狼制服。有人拿出一瓶说是很好的芥末，一双双拿筷子的手马上伸过来，直到桌上什么也没有时，才有人惊叹地表示，太好吃了！

有船工在一旁说，永乐环礁这里，既是零污染，又没有任何寄生虫，不管什么鱼，都可以做成生鱼片。问是不是真的时，其他船工一模一样地点头表示认同。为了让我们相信，船工信手拿起一条刚刚钓起来的海鱼，三下两下就弄成一碟生鱼片，连筷子都不用，用手拿了一片一片又一片，就着芥末吃了下去。

南海这里的天气预报说明天有暴雨。

还没到明天，舷窗外的雨声已惊天动地。

对我们来说，不管来自何方，只要上了南海的渔船，就是南海人。

管他是什么狼，只要成了生鱼片，便风卷残云地吃个精光。

不知在这船上睡的第二觉会不会做梦？如果真的要做梦，先不要去管这样的海狼。还是早一点见识南海茫茫不着边际，茫茫南海深不可测之处的灯塔，能上到那样的灯塔看上一眼，少说一点，也能使心胸宽阔百倍，眼界高傲千丈。

二〇二一年六月十日于北礁至甘泉岛途中

鸭公岛外考古船

南海上的事，真不是人能说了算的！

管你是指点江山决胜千里之外的超级男神，还是倾城倾国能使烽火戏诸侯的绝代美人，不要说人所熟知的三十六计，就算是只闻其名不见其形的七十二般变化，拿到南海这里，充其量不过是昨天晚上被船上灯光吸引过来的那条小海蛇。在"琼三亚运86399"号渔船上，对小海蛇的议论持续了一个夜晚。天亮以后，那些夜里没有见着小海蛇的人，头挨着头，在别人手机上，将区区十几秒的短视频，反反复复地看了好一会儿。后来者不清楚夜里有人请教过"百度"，知其毒性非比寻常，在那里一次次重复说，海蛇比陆地上的眼镜蛇还要狠毒十几倍。夜里在海钓灯下见过小海蛇的人，不说其毒性，而是着眼于小海蛇在波涛之间快速游动的身姿，像是有意让那些自叹腰身如何的女子，用足够的羡慕与妒忌，替换内心深处的胆怯。在一切都要用无限计数的南海面前，能做到小海蛇那样刷刷存在感就已经相当不错，千万不要有什么想证明自己的企图。

前天到昨天，在北礁外等了差不多一整天。

想不到昨天到今天，又在甘泉岛外等了差不多一整天。

名不虚传的永乐环礁，让人以风情舒展之心，静观巨浪滔天的南海。

夜里与海天相安无事，早起也没有昨天那样的彩虹挂在舱房门口的惊喜。倒是一天到晚烟不离手的博物馆馆长老陈给人以意外的欢乐。夜里我们睡得很好，老陈却睡不着。水下考古不容易，出海一天得干一天的活。在陆地上，耽搁一天，还能想方设法赶工追回来。比如我们刚刚去过的博鳌，老陈馆长和他的同行们只用九个月的时间，就在一片荒地上建起以南海人文历史为主旨的中国（海南）南海博物馆。南海的一天就是一天，随波而去的一切，同时光一样，不可能逆流而返。深夜里睡不着，也没有其他办法排解。南海龙王就是为了兴风作浪才出现在神话里，连齐天大圣都管不了，老陈他们能在风高浪急之时，管好自己的精气神就很不错了。所谓天大的事情，放到南海这里，就变得大不过南海了。老陈馆长虽然不断地对我们说，也对自己说，到了南海，就不能着急。小贾队长也在一旁说，前一次来时也是遇上台风，整整多待了一个星期。更有船工接过话题表示，船上备了一个月的淡水和食物，再来两场台风也不会有问题。说归说，老陈馆长在心里还是搁着这事，别人早就睡了，唯独他在甲板上一边抽烟一边钓鱼，没想到钓上一条大鱼，足够保持这艘船出这趟海钓起最大鱼的纪录，而且还是船老大也羡慕的、拿回到三亚至少要卖五千元以上的那种名贵的红斑鱼。

　　从起床推开舱门开始，每个人的目光都像是掉进波峰浪谷，没办法捡回来。俗话说，过日子的人必须两脚沾地，我们已经两天两夜没有接触人世间的尘土，没有站在结结实实的大地上，没有充盈的地气补充到身体里，心情的虚空可想而知。

同船的一位女子从昨天的晕船状态恢复过来，面对甘泉岛，摆着优雅姿势，坐在船头发呆，又像是在默默计算眼前的波峰有多高，浪谷有多深，海潮有多少道。我们有一句没一句聊着她所听的音乐，其间她问了一句，怎么还不登岛。我信口回答，浪还是有点大，放下小舟送你上甘泉岛没问题，就怕上甘泉岛后，风浪忽然加大了几级，小舟无法回靠大船，那你就得改变人生道路，一个人在岛上专心修炼，成为南海甘泉岛上的著名仙姑了。说着话，大家又开始发呆。

不知何时，女子忽然惊叫起来，说我的甘泉岛哪里去了？

大家定神一看，从昨晚起，一直近在咫尺的甘泉岛真的不见了。

女子认真地再次追问时，老陈馆长认真地对她说了之前我与她说笑的那番话。简而言之，就是上岛容易下岛难，或者是下船容易上船难。

南海太自由任性、太特立独行了，出海三天，就让我们不得不连续三次修改目的地。

南海的天气也如出一辙，前天和昨天，一直在说这一带有台风，昨天夜里倾盆大雨一直没停，到了今天早上，只用毛毛雨意思一下，便直接转为半阴半阳的凉爽天。打开手机，最新的天气预报，将后方之前通报的台风与暴雨，临时变成"阴转晴，西风四级，阵风四级"。

幸得南海在这一时间段理性多于任性。

我们的船老大对南海难得的宽宏大量更加敏感。

说时迟那时快，船老大一声令下，我们的"琼三亚运86399"号渔船从甘泉岛附近海面迅疾冲出永乐环礁，由环礁外面的深海绕向同在永乐礁盘内的鸭公岛，将计划中的第三个目的地，变成计划外的第一个目的地。

船老大说，从甘泉岛到鸭公岛，有一条近道可以走，那条水道在永乐环礁礁盘内，风浪要小很多，只是最窄处才五米宽。惯走南海的船老大主动提及这些，之后才表明，那条水道平时可以走，这种天气就不敢走了。船老大就是船老大，当老大的选择必须是对的。船老大觉得深海中波浪的劲头与环礁内的海况差不多，那就必须差不多。对南海来说，在台风到来之际，给万物一点点舒缓，哪怕只是南海时空中的短短一瞬，于所有人都是莫大幸运。

船行一个小时，前方出现一座小岛，看着眼熟，钻进船老大的驾驶室看那海图，果然是二〇一六年七月初曾经到过的鸭公岛。岛的四周停着不少来此躲避台风的船只，其中一条小船，外形显得与众不同，考古队的小贾队长认识那小船，打电话问过，果然就是此行途中，不断被考古队提及的国家考古队的工作船。国家考古队拥有的"中国考古01"号母船吃水量大，只能停在远离鸭公岛的深水处。在二者之间，还有一条不大不小排水量约五百吨的船只，也是国家考古队的。似这样四条从事水下考古的船只，在同一时间聚集到同一片海域，从前是没有过的，往后会不会再有，也很难说。

想起毛泽东的一句诗：秦皇岛外打鱼船，一片汪洋都不见。

斯时斯地，我们这里是鸭公岛外考古船，一片汪洋都不散。

说的是考古事，吃的是考古饭，就因为乘的是打鱼船，风浪越大越是船老大说了算，别人说什么都没有用。时间、事业、命运、情感，在船老大的耳朵里，连呼啸而过的海风都不如。唯有南海，才是船老大关心的话题。那么近的鸭公岛，临水沙滩比刚刚离开的甘泉岛那里又要美妙许多。只是由于船老大表示，他可以放下小艇送我们上岛，可是海里的浪这么大，他们的人没事，我们会吃不消的。船老大说他们的人没事，只是陈述一种事实，并无半点炫耀的意思；在说我们会吃不消时，眼神里充满同情，那些怜悯却是真真切切。

大家只好眼睁睁地盯着鸭公岛。

时间长了，有人发现鸭公岛上的沙滩变宽了些，便高兴地指着沙滩，说海潮退了许多。再过一会儿，另一个人说，他觉得那边的沙滩变窄了。那意思是说，海潮涨得更高了。无论怎么看，不管如何说，我们让鸭公岛连升两级，由第三个目的地，逆袭成为第一个目的地的举动，完全是我们的事，与南海无所谓关系不关系，该让我们耽搁的照旧耽搁不误。或许有掩藏在水下的绝妙器物，等着考古队上上下下的人去发现。在南海看来，既然在水下耽搁了三百年、三千年，再多耽搁三天又如何？

下午三点五十分，三沙市气象台发布台风蓝色预警信号：受热带低压和南海季风云系共同影响，未来二十四小时，西沙群岛及附近海域，风力六至七级，阵风八级；请有关单位和人员做好防范工作。

像是受到提醒，海上的风雨立刻变得极大，渔船船尾的顶棚挡得住当头落下的雨柱，挡不住侧风吹过来的雨帘。我抱着电脑回舱房躲雨时，在船舷右侧通道遇上老陈馆长，他冲着我大声说了一句话。那风那雨，击打着渔船的钢铁外壳，发出各种各样的怪异声响，能够听清楚对方说话的意思就很不错了，哪里还顾得上追问其他。老陈馆长说，晚上八点左右风暴中心会移出鸭公岛一带。

晚八点还没到，暴雨就落到我们的渔船上。

接下来几小时，那雨如同就近从海里舀起来，使劲泼到我们的渔船上，一刻也不曾停歇。迎风的船舱右舷走道变成了一条小河，随着船身的大幅度摇摆，搁在各个舱门外的沙滩鞋和拖鞋，沿着这小河从船头漂到船尾，又从船尾漂回到船头。

鸭公岛面前的台风，也许不止六级、七级或者八级。

台风通过的鸭公岛上空,漆黑程度不止八级、九级或者十级。

透过所有的障碍,还是能够看到,在鸭公岛上空仍旧飘着一面五星红旗。

也许明早醒来海上就会归于平静。同情同理,接下来的考古将证明,深入历史一千年、两千年和三千年,"琼三亚运86399"号渔船上的五星红旗,总是在高高飘扬。

二〇二一年六月十一日于甘泉岛至鸭公岛途中

大水冲了龙王庙

凌晨两点过后，面对陆地上不曾有过的狂风暴雨，我在后甲板上挂起一面雪白的床单。

如果这泡过狂风暴雨的床单被当成对南海心悦诚服的标志，该点头承认时我一定会认认真真地点头。

这种时候的南海，比不了天地间过着另一种生活的不夜城。鸟也没醒，鱼也没醒，太阳、月亮和星星都没有醒，能够与我一起醒着的，只有狂风，只有暴雨，只有巨浪，只有一半是人、一半是海魂的船老大。还有年轻同行，先前是他怕吵醒我，后来是我吵醒他，我们一起挤在不足五平方米的舱室，结伴在深更半夜抵抗台风的袭扰。

昨天天还没黑，锚在鸭公岛躲避台风的四艘考古船，看上去就只剩下海南省博物馆水下考古队包租的这艘"琼三亚运86399"号渔船了。其实别的船也没走。这不比在书斋里表达"长风破浪会有时，直挂云帆济沧海"的慷慨激昂。摧枯拉朽、倒海翻江的台风已经来了，除非将一座小岛装上白帆，否则，在这种"欲渡黄河冰塞川，将登太行雪满山"的节点，一切想着离开的豪言壮语都会冒出令人厌烦的酸气。是南海上骤起的雨帘遮蔽了一切，包括对南海本身的遮蔽。举目四望，雨帘之内的南海，放在杭州，也就西湖大小；放在武汉，甚至还会被东湖所瞧不起。这时候必须清楚自己身在何处，明白对南海的任何轻视，都会引起意想不到的难以弥补的后果。昨天夜里，我对关心南海情势的朋友说过，台风对停在环礁中的大小船只影响有限。这句大实话，船老大、考古队小贾队长、惯走南海的船工都曾说过。我也这么说，不过是重复一个知识点，何至于独独就我会冒犯了南海，怨气不过夜地来一场对象精准的水厄？

与远在内陆的朋友说这话之后，我还提起一个故事。二〇一六年七月，第二次来南海，乘"三沙市综合执法1

号"船，停靠在琛航岛码头。那天傍晚在码头上散步，一时间起了谈兴，于是问同行的一位军旅作家，是否知道在解放军中，有一个兵种，全军上下，总共只有六个兵。对方愣了愣就断言这是胡诌的。我当然不会胡诌，还继续提醒，这六个兵的兵种就在我们眼下所处的南海上。十几年前，自己刚刚拿到驾照、热衷于驾车那一阵，特别是冬季有太阳的中午，没事时喜欢待在驾驶座上，听听收音机、晒晒太阳兼午睡。在某个慵懒的午后，从收音机里听到一个闻所未闻的故事。自那以后，便时常拿出来戏弄诸多互联网时代的"军迷"，每每在他们纵论当今世界军事时，突如其来地问上一问。只要我不明说，从来没有人给出个答案。人所不知的这个兵种叫雨水兵。在南海，最艰难的事情是没有淡水。即便是现在有了海水淡化工厂，也不敢像在内陆那样，拧开水龙头，想怎么用就怎么用。那时候，岛礁上所用的淡水，全靠运输船从内陆运输而来。而作为应急措施，守卫岛礁的战士想出了用雨布铺在地上，将老天爷降下来的雨水收拢起来作日常之用。时间长了，就有了这么一群战士，从早到晚，盯着天上的云彩，专门负责收集眼前的每一个雨滴。军委首长知道后，更是专门批准成立独一无二的雨水班。

当年雨水班的战士，狂风暴雨之际，正是他们大显身手之时。

今日今时这凶狠至极、横扫海天的雨水，落在任何岛礁上，仍然是甘霖。

睡到凌晨两点，忽被一种奇异的水声惊醒。不是船舷外惊涛骇浪的声响，是随着船体晃动，有水在耳边拍打木床使人心惊肉跳的那种动静。爬起来开灯一看，床前的地板上有水在荡漾，一个波次接一个波次很有规律的动静，宛如惊涛拍岸的小小海洋。睡上铺的年轻同行赶紧爬下来，一看我栖身的下铺泡湿了三分之一，有些后悔：半个小时前，就发现房间进水，却没有叫醒我早点处理。渔船最高也就二层，我们的房间在二层正中间，惯走南海的渔船，也就我们这间舱室，既不敌晚来风急，也没挡住凌晨豪雨。接下来可是苦了年轻同行，硬是拿起自己吃饭的碗，一下一下舀起地上的水，倒进塑料桶内，待装满了再拎过栏杆，还给南海。弄完四桶水，再看这间小小的舱室，怎么容得下这多水？接下来还有一番更加复杂而难堪的操作，包括敲开某个单人舱室的门，将那多余的床垫扛过来，叠放在已被雨水浸湿半边的床垫上，再将湿透的白床单赶紧洗了，挂在后甲板任凭台风吹拂，期望晾干后能重新使用，如此等等，忙忙碌碌好一阵，才使自己能够继续躺在第二块床垫也很快打湿三分之一的床铺上。

下半夜，躺在只有半边可以容身的床上，我没有想起全军独一无二的雨水班。那六位雨水兵是白天过去又到夜晚，有船工钓起一条只有半截身子的海鱼后，我忽然记起人世间基本生存法则时才从脑子里迸出来的。在与雨水同床共枕的时刻，我想起大水冲了龙王庙的俗语，禁不住手痒，写了几句打油的话：

过海宿鸭公，夜半到台风。

波涛入枕套，豪雨浸被中。

饭碗急作瓢，舀水四大桶。

斗室两汉子，一龙一竹峰！

最后一句是年轻同行要改的，原来的句子是想表达对年轻同行的赞赏之情。写完睡去，再醒来已是早上六点，探身一看，床前地面上又是汤汤水世界。爬起来，学着夜里模样，只是不好意思用年轻同行的饭碗，就将茶叶盒拆了当成舀水工具。接下来的一个上午，我们一次次修改那首打油诗，主要是舀水的桶数，早餐前要改为六桶，早餐后不久就要改为十桶，最后到底是十六桶还是十九桶已记不清了。船工来后，拆开贴着地面安装的木床，里面整整一木箱水都是这么舀干的。同时也表明，自己在这种"水疗床"上躺了一夜。

都说来南海没有遇见一场台风，不算真的来过南海。

来南海，碰上台风，怎么也得有点故事，这样的南海才更生动。

正如渔船在锚地停着是换一种姿势的航行。

又如人入南海是换了一种方式的生活暂停。

渔船上许多人都来一起应对这场台风带来的水厄——这也是另一位年轻同行对这场茶壶风波的戏称。一般时候，滴水漏水跑水的情形，都像古时文人喝茶太多招致的不快，绝对不会有溺水之危。在汪洋大海上漂浮的渔船，没有水是大事情，水多了也是大事情。以喝茶的心性，对付溺水的可能，绝对不是以如此之水，应对如此之厄，而是颠倒过来，防范如此之厄，善待如此之水。

不期而至的台风给这一次水下考古工作叫了一声暂停。

带雨的台风去远了，要从某处登陆海南岛。

台风的风还在这一带，船老大还是不肯起锚。

船老大始终是船老大，只要船老大不同意，想要登岛的人，只有生出翅膀才能飞到岛上。

天气的问题正在改善，至少太阳出来了。渔船上的女子们用不着谁来教，像渔家女儿那样，迅速将床上用品搬到甲板上吹晒。同时，保持着与渔家女儿不一样的德性，用各式各样的织物遮挡面部，丝毫没有放松对紫外线的最大警惕性。博物馆馆长老陈和考古队队长小贾，好像真的不着急了，甲板上不太晒时，还就着船老大的茶具品起茶来。年轻的同行见了，又叫，水厄来了！老陈自是懂得其中典故，拿起茶杯，似魏晋之士大夫，一饮而尽，一如那畏茶如患之人，见到茶便叹今日有水厄；又如喜茶之徒，不慕王侯八珍，专好苍头水厄。

有一阵，我和老陈聊起考古发现的各种偶然性，比如那一年沿长江走到金沙江畔的元谋县，那里是改变人类起源学说的元谋人牙齿化石的发现地。听当地人细数作为无价之宝的元谋人牙齿化石，发现过程实在不可思议。那一带原本就能轻易捡到各种化石，这一点也是不假，那位在成昆铁路工地上从事地质勘探的工程师，领了顺便从事文物普查及古生物化石收集的工作任务也不假。关键在于，那一天，那位工程师，做完本职工作回驻地休息的路上，在一处极平常的土崖下面放松小解，竟然不偏不倚地从浮土中冲出两颗元谋人牙齿化石。在旷阔寂寞的元谋山野中，发生这种巧合的概率，估计不会有人算得出来。

老陈也告诉我一件事，他在南京博物院的导师汪遵国，在草鞋山遗址中率先发现良渚文化的典型器物玉琮与玉璧，那段过程也有说不清、道不明的机巧。一九七二年，草鞋山遗址第一次考古发掘，都快结束了，仍然什么发现也没有。正当考古队员准备撤退时，夜里下了一场雨，将探方的隔梁弄塌了，意外显出这批良渚玉器，不仅确定了玉琮、玉璧的地层年代，还由此发现了从马家浜文化、崧泽文化、良渚文化到春秋吴越文化的文化堆积层。整个序列几乎跨越太湖地区乃至长江下游一带，从新石器时代到先秦历史的全部编年，被中国考古界称为"江南史前文化标尺"。老陈那时还没到南京博物院，但这件事深深影响着他的考古生涯。

联想起来，这两次重大考古发现，都有水厄之趣。

台风在前，老陈和他的考古队员，在钓鱼时也显得挺有底气，如何不是他们深谙考古学术之极度奥秘？

一次放松，就有了远古人类全新形象。

一场夜雨，就能改变一段历史的编年。

一场台风，是否会通过渔船上的这支考古队，还有跟随到南海采风的我的同行们，给以某种兆示与宣示？

一楼的房间可以风雨无碍，住二楼的却被大水冲了龙王庙。

南海之上，一切皆有可能。

这天夜里，房间过于潮湿，冷凝水像下着小雨，在空调机上滴个不停,使人有些待不住。临近午夜时分,下到甲板上看船工们海钓。正赶上最是露着一脸斯文笑意的那位船工猛地一拉钓线,随即钓起一条大鱼,好不容易拖到甲板上,却只有前半身的三分之一,从鱼肚到鱼尾后半身三分之二,被谁齐齐地咬断了。问是何缘故时,船工见怪不怪地回答,收线时,被另一条大鱼一口吞食了。

这平平淡淡的话,听得人心神不定。南海如此广大,往来游弋的鱼儿难以计数。一条不晓得厉害的鱼儿上了别人的钩,完全属于可以忽略不计的尘埃琐事。那闲来海钓的船工手把钓线,眼看着就能将其扯出水面,居然还有捕食者将这鱼儿大半抢夺而去。在汪洋大海上,哪怕是船工手中钓钩钩尖大小的东西,仍然是不能错过的可乘之机。正如人生在世,本来就是活在时光的最小缝隙里,又如何不在时光的最小缝隙里挣扎。就像头天夜里,我们不得不用吃饭的碗来舀舱室地面上的水的实际行动,万不得已时甲板上也可以暂时安身的可行性预案,如此等等,人性中的一切全都出自这样的挣扎。

扔在甲板上的半截鱼还有好几斤,整条鱼估计有十多斤重。一口咬断如此壮硕之鱼身的海鱼能有多么厉害,惯走南海的这些人,懒得去想。反而是好不容易来南海一趟的人,难免要多想一些,或者说是想多了。

二〇二一年六月十二日于鸭公岛至全富岛海面

我在南海游过泳

出南海第五天了。

早晨的海面上,初升的霞光映红了每一朵浪花。

昨晚在甲板上吃现钓现烤的红斑鱼,竟然将铁打的医嘱丢在一边,跟着大家喝了半罐啤酒。一方面因为台风过去了,明天终于可以上岛;另一方面确实是烤鱼做得太好了,人人都说这顿烤鱼是真正的世界第一。出南海以来,大大小小的开心事不少,只有这两件事碰到一起,才让自己破了酒戒。一夜好睡,醒来见昨晚只吃烤茄子的那位同行,于凌晨两点多钟发微信,问我们房间有没有再漏水,紧接着补上一句,说外面又下大雨了。看来昨天的"水厄"不仅将我,也将同船过海的男男女女人人都折腾得够狠了。

眼前的南海，不仅看不到一滴雨，夸张一点说，像是上了一层蓝釉的巨大的元青花瓷雕。

用船老大的眼光看，海面上的风浪一点不比昨天小，如果下到海里，就会看到大浪接近两米高，小浪也有一米多。好在我们改了三次的行程，没有再做第四次改变，这也得益于海面上的情形在不断改善。

下午两点，船老大终于收拾起最后的那点犹豫，用潭门镇上的土语，喊了一嗓子渔船上的行话。我们没有听明白，船工们却很懂，一声声吆喝着，将一直搁在前甲板上的两只小艇用吊车吊起来，放进波峰浪谷之中。一行人倒退着爬过摇摇晃晃的扶梯，艰难地下到被海浪顶撞得忽高忽低的小艇上，坐定之后再看，只能容下六个人的小艇，一会儿船头朝天，一会儿又斜着插入浪谷，才晓得说浪高一米至两米，只有折算，绝无虚张。

到了这一刻，被台风搅乱行程的第一个目的地，才真正确定为鸭公岛。

二〇二〇年春，离汉通道关闭的第十六天，曾收到一条短信："醒龙，我是一起去三沙的老樊，从小宋的视频中看你一切好，钢钢的，就放心了。特此慰问，多防护，多保重！祝一切好！"我赶紧回复说："三沙精气神还在！"老樊同样一点也不停顿地回复说："你在南海游过泳，百毒不侵！"二〇一六年七月上旬，中国作家协会、中国出版集团和三沙市政府联合组织一批作家到南海采风，老樊是我们的副团长。老樊后来将我在南海游泳当成美事提及，当初可不是这样。从一开始他就一而再，再而三地强调，为了安全起见，绝对不许下海游泳。那一天，乘冲锋舟去往面积只有零点零一平方公里的鸭公岛，我就不由自主地将泳帽、泳镜和泳裤带在身边。到了鸭公岛，趁老樊领着大家大快朵颐，贪吃从未见过的鲜美海鲜，自己悄然抽身，在一株热带植物后面，换上了游泳行头。在那一天的日记里，自己曾写道：纵身跃入南海的那一刻，一朵开在海浪上的牡丹花，冷不防蹿入腹中。

在南海有没有纵情过，就看有没有下海游泳。

那次南海之行，让自己最为骄傲，也让老樊在武汉最困难的时候用来安慰我心的正是——我在南海游过泳！

再来南海,再来鸭公岛。在最方便靠岸的地方,锚着一排从前不曾有的观光船。小艇比不了可以抢滩的冲锋舟,在海上晃晃悠悠地画了几个弧,试了几次,才找到方便靠上去的岸线。相隔整整五年,踏上海滩那一刻,滋味一点也没变,两只脚一沾地,就陷入被海浪冲上来堆成堆的洁白如雪的珊瑚残骸中。尽管有过去的经验教训,还是不习惯,感觉如同船在海中行驶,人在船上踏步,有劲使不上,若多用一点力,又有可能失去重心与平衡。

还在五年前,第一次来南海,就发现鸭公岛与自己先后到过的几座岛屿格外不同。

鸭公岛位于永乐环礁北部,与我们接下来就要去的全富岛相隔三公里左右,而与最近的银屿仔才隔五百米远近,面积大小如巴掌,岛中央却有一个随海潮涨落的小湖。这些特征都还不重要,最主要的是小岛完全由珊瑚礁堆积而成。之所以有如此之多的珊瑚,是因为处在全富岛所在礁盘与银屿所在礁盘之间的"银屿门"通路上。在南海上,一座岛的生成,有其必须具备的条件,比如鸭公岛,因为生在"银屿门"的通道上,附近潮汛急、风浪大,外海或潟湖内的浮游生物送来亦多，有利于礁头的生长及合并，逐步形成小岛。新月形的鸭公岛，很好地体现了东北季风对礁体发育的影响力。被海流搬运而来的珊瑚，随随便便就在鸭公岛四周垒起一道厚厚的"珊瑚墙"。

大约是昨夜过境的台风带来更多的珊瑚，这一次来鸭公岛，四周的珊瑚墙显得更加厚实。

我们的小艇即将抢滩时，观光船上的两个年轻人大声吆喝起来。小船老大肯定听懂了，马上一扭舵把，将小艇转过身来，绕过观光船，停在一处有人工开挖痕迹的海滩边。跳下小艇，上到小岛，才晓得此处是方便穿过珊瑚墙的上岛通道。

关于鸭公岛名字的来历，前一次来听到一种说法，这一次来又听到一种说法。

感觉中，在这珊瑚残骸堆成的海滩上行走，如同五年前，在这片海面上游泳时，连绵不绝的波涛将自己的身子弄得几乎不听使唤。一双脚踏在深不见底的珊瑚残骸堆里，迎着海风的身子摇摇摆摆总也找不准平衡点，恰似一只孤独的鸭公，一群人摆摆摇摇如同一群乱哄哄的鸭公，

● 鸭公岛上海潮退去后形成的小小海湾

这如何不是一种来历？

绕岛一圈，台风过后的鸭公岛变了。

每每站在水线附近对海伫望，海潮像携带几条山脉那样涌过来，然后不失温情地顺着脚背凉爽地爬到大腿上，心里更加思念前次来时，一个人潜到海的深处，所遇见的不可名状的鱼儿，美丽得瘆人的珊瑚，清澈得仿佛能看到太平洋彼岸的水底；还有那些站在海滩上，长一声、短一句，为我担心的朋友们的呼唤。这一次，同船过海的人全换了，倒是某只海鸥，迎着海风在空中略作停留，随后一个俯冲，轻盈地掠过头顶，既像分明来过的旧相识那样，又似萍水相逢，有风风不留语，有影影不传神。

在南海上，最容易感觉到的是树。有树的岛礁，远隔十里八里就望得见。才过五年，鸭公岛上的树多了不少，也长大不少。五年前那次，为了下海游泳，竟有些恬不知羞，藏在所能找到勉强可以挡住身子的小树后面换上泳裤。如今那棵小树已长得有模有样，即便放在内陆的森林里，也能撑起自身的风骨。

绕岛的时候，考古队的小贾队长，在前面几十米的地方缓缓走着。不时见到他停下来弯腰捡些什么，一圈绕到底，其手提袋里已经变化出宋元明清不同朝代的不同瓷器。这些坚硬的历史器物也都像珊瑚残骸那样，随着风浪，来自海底。除了南海，无人晓得其华年流水，尘缘几何。海潮不知岁月，那只几百年前谁家女子使用过的小小粉盒，躺在海滩上，其色其形已与大堆珊瑚残骸浑然一体。小贾队长识得，守岛的渔家儿女也识得。一位女子认识在博鳌潭门帮忙建中国（海南）南海博物馆的老陈馆长，不待对方说明来南海的目的，便转身进到里间，拿出一只宋代晚期的青瓷，送给老陈馆长。女子是南海博物馆所在地潭门镇上教村人，曾经在南海博物馆在建工地打了几个月的工，那青瓷是她在鸭公岛对面的全富岛上捡到的。南海之上，人们会不由自主地向大海放开情怀。鸭公岛居委会老主任姓叶，在岛上开了一家名为西沙驿站的小卖部，作为中国最靠南的"超市"，所卖冰镇可乐，漂洋过海来之不易，即便每瓶卖到五十元、一百元也没有人嫌贵。实在想不到，待我们享受过雪里送炭、火中送冰的美妙，付款时，老叶主任坚持每瓶只收五元人民币。五年前来鸭

● 与鸭公岛上经营中国最靠南小超市的居委会老主任合影

公岛时,就曾见过老叶主任,那时他在岛上支一顶遮阳的黑色纱网,放些桌椅板凳供人休息。小贾队长拿出捡到的宝贝粉盒,大家一起围观时,老叶主任转身拿出一只同样的粉盒送给小贾队长。小贾队长高兴地表示,若与他自己捡到的那只配成一对就绝妙了。两相比较之后,虽然差异明显,小贾队长还是很开心。

从作为母船的"琼三亚运86399"号渔船下到小艇上,在我们这些乘客之外,还有两名船工,一名是掌控引擎并把舵的小船老大,一名在船头充当引水员。上鸭公岛时还不曾注意,等到离开鸭公岛,去往旁边的全富岛,才晓得站在船头引水实在太重要了。小艇进到离全富岛大约一千米处,水底的礁盘和浅滩,连我这有眼疾的人也看得清清楚楚。把舵的小船老大叫阿华,按道理阿华必须依照引水人在船头给出的手势,让小艇或左或右,或进或退。一开始的确如此,小艇在礁盘上往复冲突,一次次被礁石和浅滩阻挡,无功而返。小船老大宛如一员战将,一时间杀得兴起,三番五次从船尾站起来,越过引水的船工,直接选择前行方向。如此突击了许多回,有几次,小艇已抵达离海滩才几十米的地方,又不得不退回来再寻抢滩上岛的水道。小艇上的人全都主张像另一艘小艇那样放弃登岛,小船老大就是不肯听。终于又让小艇来到离海滩只有几十米的地方,小船老大将引擎熄了火,拎起来放进尾舱,转身跳入海中,硬生生地用一身力气将小艇推到海滩边。这时候,叫阿华的小船老大才松一口气,大声表示,自己从来没有上过全富岛,今天非要上来不可!

上岛的那一刻,再次发现南海的神奇让人失去想象力。

全富岛上的海滩,与鸭公岛上的海滩完全不一样:鸭公岛上如碎银堆积,全富岛这里似碎玉漫撒。同一片海域,同一座礁盘,如此巨大的差异,想说南海深处藏着一台巨大的分拣机,又觉得如此说话太机械了。可这一切南海是如何做到的?最奇妙的是雪白细沙铺成的无人小岛中间,有一汪碧蓝的水池。这时候,还有什么好说的呢?况且自己早就穿好泳裤,只需要去掉外衣,整个人便可以彻底投入那水中。天荒地老,古往今来,何时何地何曾有过,这比瑶池还要胜过几分的美妙处所。没有人欢呼,也没有人狂舞,走在沙滩上的人轻轻悄悄,害怕在这没有人迹的地方留下打扰的痕迹。跳入水中的人更是无比沉浸,想将无限的南海、无上的南海,用每一寸肌肤去记忆,以备将来再有什么机会时,自己不仅仅只会说一句——我在南海游过泳!

此行终于登岛,博物馆老陈馆长立即在朋友圈发出灵魂之问:远航南海,所求为何?

老陈馆长说,渔者为生计,商贾为财富,当然也应有为珍宝者。现代人这么千辛万苦地到这么远的海上来,恐再也不纯为生计与财富,肯定还有其他。

这问话里藏着大问题：这一行人，为何顶着台风，硬闯南海？

难道真的只是关乎那些黑市上也只卖到几十元、最多几百元的明代粉盒等海捞文物？

那自幼随父辈出海，将祖传六代的《更路簿》铭刻在脑海中的南海通；那三十年不曾出过海，烤得一手好鱼的中年船工；那更加向往陆地上各种探险活动的年轻水手；还有我的两位年轻同行，完全可以待在安静的书斋里安宁地写作并生活；也包括老陈馆长本人，以其花甲年纪与学术贡献，为何还要赶在退休之前，与一帮年轻人一道，赴这次南海之约？也包括我自己，虽然自幼向往大江大河大海，但天地之遥的南海这一部分，许多地方五年前就已经来过，且眼疾尚未痊愈，不能碰那含碘甚多的海产品，为何还要自讨苦吃？或许那位非要在今天登上全富岛的小船老大，也在尝试寻找通往正确答案的路径。小船老大十分年轻，在这南海行走的日子还很长，别人从渔船下到小艇每次需要三到五分钟甚至十分钟，他只需要眨眼一般的几秒钟，一定还会有更好的机会登上全富岛。小船老大不与自己妥协，也不对时光妥协，这种意义，才是对万物命运一样的南海最大的尊敬。

用心热爱南海，才会如此向往南海。

用情拥抱南海，才会不管有没有理由只管来到南海。

要相信南海！相信南海没有真正的龙宫，然而一定有着能使人生变得更有意义的宝藏！

二〇二一年六月十三日于鸭公岛至全富岛海面

全富岛上一棵草

今天是端午节。

全富岛上发现了一棵草。

光秃秃的全富岛上仅有这一棵草。

上过全富岛的人都不清楚用什么样的俗名与学名称呼这一棵草。

一群人纷纷拿起手机用识别花花草草的软件你一下我一下都没有试探出这一棵草。

昨天下午上过全富岛的人不曾发现达到现有自然美学学说顶峰的沙滩上生存着一棵草。

对这棵草的发现是在今天。

一大早，趁着还没退潮，昨天下午没有上到全富岛的老陈馆长和小贾队长他们，实地见证了那片精美绝伦的沙滩，更用考古学的眼光，一眼就看出一块已经石化的木头。那木头的形状肯定是人类用工具加工过的，至于具体用途，未来的日子也许能考证出来，也许永远是个谜。用浅俗的观点来看，考古工作就是对前人留下的种种文化之谜进行破译。南海庞大的自然属性，不仅没有让文明文化无限落寞，反而使得对一些最细微的文明表达与文化符号的破解，具有更加重要的意义。仅凭肉眼看那石化程度，这块形似石鼓的木头，至少是三千年前的物件。

携带那块巨大的石化木回到船上的老陈馆长平静地表示，要将其放在博物馆公开展示。

一棵树生长几百年才能做成这样的器物，之后不知何故来到惊涛骇浪的南海，再来到全富岛上，这当中有多少经历不为发现它的人们所知晓？再想到同时发现的全富岛上第一棵草，多少年后，全富岛也许会绿荫如盖，嘉木飘香。那时的人们不说如何怀念，至少晓得全富岛植物的起源，可以精确到二〇二一年端午节，如有必要还能检索到证明人都有谁谁谁。

南海这里，人世沧桑，一切改变都以浪涛潮水来表示。

南海离汨罗江何止万水千山，"琼三亚运86399"号渔船上的船工像汨罗江畔的儿女，同样惦念着端午节，出海之前就备好了清香扑鼻的粽子，一边使人品尝苦咸海水中古老粽子的精气神，一边令人想着屈原怀沙投水的灵与肉。

南海没有《离骚》《九歌》《天问》。

南海自己就是千秋万代传诵的《离骚》《九歌》《天问》。

昨天傍晚我曾经游过泳的那池碧水没有了，连硕大的泳池形状的沙洼都没有了。昨天我们离开不久，南海这里就涨潮了。如果只是给那座天然的泳池注入足够的海水，这事就像月圆月缺、潮起潮落那样普通。如果消失的原因是被海潮带来的细沙填平了，那就等同于一场小型的人世沧桑。

昨天傍晚共有十人登上全富岛。

十双眼睛都不曾在一览无余的小岛上见过一片植物。

今天早上的全富岛竟然长出青青翠翠的一丛。

十天前曾经见识过红树林，该不是那胎生的树种漂过两千里，来此全富岛上落地生根？红树的种子是有这种本领的，只要条件合适，几个小时之内，就能生根发芽、茁壮成长。但相关学说认为这是不可能的，南海这里海水咸度太高，不是红树的胎生种子不肯来，是它们来了也是白来，那些只能在淡水与咸水交界处扎根的胎生种子，不可能在苦咸的海水中留下任何踪迹。

人在南海，还记得汨罗江上的那段悲情。

早餐餐桌上也有粽子，青青色，清清香，吃完粽子仍舍不得扔下那包着粽子的芦苇叶子。

那天在万泉河畔的留客渡，听闻鼓声激烈、呐喊冲天，一队龙舟正在河上试渡。

从早餐粽子上拆解下来的芦苇叶子，算不得南海这里的植物。

于是就有了端午时节，由寸草不长的全富岛上生长出一簇新草。

在汨罗江畔，乃至相邻湘鄂两省各县市，至今还保有长久以来的习俗，各个村落都有自己的龙舟队，每到端午节，都要在汨罗江上比赛一场。那种盛况，不到现场很难言表。即便是九〇后的年轻人，也在沿袭宁可春节不回家，也要在五月初五这天参加龙舟大赛。端午节到了，哪怕辞工不做，也要赶回老家，在汨罗江中，划起龙舟，与乡邻竞渡，输赢未定，就已经有了来年再战的约定。

南海的永乐环礁，是一座奇异的巨大海塘，值此端午时节，不可以没有龙舟啊！

上午十一点，在小贾队长的沟通下，我们乘小艇登上国家考古队的"中国考古01"号船。小贾队长曾被借调到这艘船上工作过，既熟悉这船，也熟悉船上的同行。无论是小贾队长还是这艘船上的人，都将"中国考古01"号船称为全世界顶级的专业考古作业船。大家都在说着专业的话，无人提及今天就是端午节，更不会有人说龙舟。回到我们的渔船上，隔海眺望同在永乐环礁内的"中国考古01"号船，忽然想到国家重器的概念。在屈原的时代，一艘龙舟就是一样国之重器。那样的竞渡，可以看成是对水上实力的检阅。

龙舟的一种竞渡方式和一百种竞渡方式，都是乡邻兄弟之间的事，输和赢都是为了将自家的事情办好。三千年后的今天，将我们的考古船当作龙舟，还有不约而同汇聚到同一海面的另外三艘考古船，这些抱着相同目的走到一起的同行，在端午节前，在内心发一声呐喊，倒也有几分竞渡的意思。

至于全富岛上新生的那棵无名草，隔礁盘相望的鸭公岛上也有它的乡邻。

据鸭公岛居委会的老叶主任等人介绍，二〇〇三年，面积比全富岛还小一半的鸭公岛，似乎只配得上仅有的一棵树。二〇一六年我们初次抵达时，岛上的草木随处可见，但还不成林。又过了五年，自己再来此岛，绿茵茵的一片小树林，足够给人以荫佑。

东西长三百六十米、南北宽二百四十米的全富岛，面积为零点零二平方公里，海拔高度只有一米左右，其岛龄最远也只能追溯到清代。正如相隔一夜才上岛的那些人亲眼所见，一场台风就能让小岛形状发生变化。

当然，最大的变化是岛上终于长出一棵草了。

全富岛上的第一棵草，需要竞渡的只有自身。用十倍、百倍、千倍、万倍的青翠，荫蔽五年后犹如龙舟的大船小船。一定不要还没有活稳当，就想着能够成为叶子包得了粽子的芦苇。哪怕是贵为全富岛上的第一棵草，也不要自命不凡，将漂洋过海的不易，用来深深扎下自己的根，经得起这一带曾经达到十八级的台风侵袭，也经得起这沙洲或大或小、或高或低的腾挪。

二〇二一年六月十四日于鸭公岛至全富岛海面

明月弯弯照海塘

夜里十点，推开舱门。

半轮明月挂在离船舷不远的空中。

在南海，已是第七天。前几天没完没了地与台风纠缠，送走台风，自然对阳光喜爱有加。海上的日落日出与在内地所见格外不同，朝朝看，暮暮看，还是没有看够。翻出这几天的照片，起码有一半是日落与日出时的霞彩。

昨天傍晚，我们的渔船从鸭公岛和全富岛一带起锚，行驶到甘泉岛旁边的海面上，见太阳正往海平线下沉，不一样的景色，一样动人。一轮太阳沉入大海的情形，只要见着了，有多少次，就会感动多少次。这一次，太阳消失后铁定要变得黑压压的海面，忽然被灿烂灯光点亮。

在太阳消失的那朵浮云下面，科考平台上的大功率电灯应时亮起来，就像将一大堆启明星放在海面与天空之间。天空的霞光还在，海面成了一尊巨大的黑水晶。

南海总是在人所意料不到之际，推出前所未有的惊讶。

昨天晚上，是科考平台上的灯光与落日同辉。

今天夜里，换成在风雨中漂泊多日才能体会其中情怀的海上生明月。

船泊甘泉岛外，一大早就起锚移动到离岛更近的海面，在那里放下小艇送我们上岛。昨天我曾向小贾队长建议，不妨早点登岛，反正海上日出早，亮度够，早点上岛可以躲过正午的烈日。小贾队长综合考虑，确定七点半上岛。对小艇来说，早上的风浪还是太大，不得不驶到岛的背风面才得以登陆。虽然避开了海风的锋芒，也能顺着人迹罕至的海滩找出一些我们所能欣赏的南海上的小小新奇，只是苦了强紫外线照射下的皮肤，以及受高温闷热过度刺激的汗腺。

绕岛半周，终于见到二〇一六年七月上旬来甘泉岛时冲锋舟停靠的栈桥，这地方才是正常登岛线路之所在。那一次是三沙市政府与中国作家协会和中国出版集团联合组织的一次文学采风活动，一群同行公推副团长老樊站在船头第一个上岛。老樊长得胖，那样的体重更有资格压住被大浪举得老高的船头。老樊从冲锋舟跳到海滩上，没走几步，就踢出一枚锈迹斑斑的机枪弹壳。弹壳不太完整，上面的裂纹，是被一九七四年一月那场忍无可忍的战火引爆的。当年的甘泉岛保卫战，顽敌环伺，军民死守待援。多年后，当初汪洋大海中的一座孤岛，已成为光耀五洲四海的灿烂明珠。

第一次登甘泉岛，在深刻记忆的角落里收藏了一丝苦痛。

第二次登甘泉岛，由于这丝苦痛，才向小贾队长建议提早出发，避免正午阳光再次给人以苦痛。

前一次登岛，我只戴了一顶旅游帽，穿一件印有八一军旗的短袖黑布衫，手臂和脸被阳光不同程度灼伤。这一次，不仅穿上了轻薄的皮肤衣，还撑起出家门时特意带上的那把防紫外线太阳伞。这五年，我一直没有放

● 科考队建起的甘泉岛岛标

松必需的健身,本是为着去藏北旅行做体力贮备,想不到会用于第二次来甘泉岛。更想不到,表面上的万事俱备,其实还是那种必有一失的智者千虑。离开沙滩,一步步深入到甘泉岛中心地带。还没到正午,老陈馆长从路边的草海桐树林钻出来,手里拿着不知哪道阳光指示使之寻得的唐代古陶。听他讲述相关道理时,人的脑子像用了些年头的笔记本电脑,因为发热而反应迟缓。往后越靠近正午这种感觉越明显,好不容易沿原路回到"琼三亚运86399"号渔船上,五脏六腑阵阵作呕,只差一点便喷将出来,队医老杨判断是常见的中暑。

一个人，到了甘泉岛，比如"椰香公主"号邮轮上的普通旅行者，能在守岛人家那里，用甘泉古井里的淡水醍醐灌顶般洗一把脸，转身喝一杯诺巴果①茶，再买几包甘泉岛上绝对野生的诺巴果带回家去，也会从内心里生发对南海的浓郁情思。只是有些事情不是这样说的，也不是这样想的，不是待在盛夏的空调房里才有心思忧国忧民。一旦到了仿佛被烈焰烧烤的珊瑚岩岛屿上，就将一切忧思抛到鱼龙混杂的深海里，只惦念着十元、二十元，最多一百元人民币就能解决的那点无可奈何。上得甘泉岛，如果见不着唐宋先祖在珊瑚岩上开凿出来的那一片灶台，那将情何以堪？

南海里患的疾痛还得南海来医。

下午的太阳偏西后，又乘小艇去羚羊礁。

小艇通过一对绿色浮标标记出来的羚羊门，再沿着几米宽的水道驶入礁盘。就在前两天，台风来时，我们的"琼三亚运86399"号渔船要去鸭公岛，船老大不敢走礁

---

① 生长在甘泉岛上一种名为海滨木巴戟的植物的果实，守岛渔民称之为诺巴果。

● 甘泉岛上由唐宋先祖遗留下来的灶台

盘中间只有五米宽的水道。此时此刻,水平如镜,波澜不惊,驾着小艇尚且小心翼翼,何况大风大浪时的一条大船。所谓解铃还得系铃人,这一天的考古工作完成后,禁不住羚羊礁边海水的诱惑,下得海去,浪花一溅,那番畅游,岛上所染干热小恙,全都了了。

南海的宽大能容下人所难免的无心之过。

用南海之水洗濯,再来观察深情南海与人之间的明月。

甘泉岛上,远离守岛人的一架藤蔓下,空无一人处,摆着一张简陋的小桌子,桌子上面放着两只空空的酒杯,还有半瓶产于安徽亳州的古井贡酒。海天都是潮湿的,不喝酒的人也喝点酒，是上岛守岛的要诀。而这两只酒杯的意味格外不同！从驻守的居室走到对天而设的小桌旁，一个人独酌，能够握起另一只酒杯的唯有明月。偶尔有两个人对饮，三杯两盏过后，能够与一对沉默寡言人掏心掏肺说上话的，唯有要多近有多近、要多远有多远的明月。

守岛人家背后的那眼甘泉古井，一天接一天地留着当年当月当日家乡的明月，用来陪伴唐时李白、杜甫浅唱过的浓情玉钩，高适、岑参抵近写过的遥远蟾宫，并且回应宋时苏轼把酒问青天、以究明月几时有的伤情。

珊瑚岩上唐宋遗址圆圆的灶台，是用来记忆故国原乡的明月模样。

就连光秃秃珊瑚岩上的野羊粪颗粒，也在闪着明月洒下来的光泽。

对着夜里的月光，只要去想，就会发现，太阳底下的种种，其实都是为了夜晚的明月。比如，两位年轻的考古队员，各自拿起一根两米长的探铲，也就是江湖上赫赫有名的洛阳铲，顶着烈日，在遍地都是珊瑚岩的岛中央，打出两个一米五深的探洞。随探铲取出来的土样，呈现不同年份独有的模样。这是考古专业的入门级学问，也是考古学问中极为关键的判断节点。在甘泉岛上，被太阳烤得迷迷糊糊的目光，将两只探洞看作一双深邃的眼睛。阳光当头照下来，探洞已经有些幽深。既然阳光已无法照耀考古学问的深处，接下来就只有明月相思、明月多情、明月入枕、明月倾怀、明月良缘、明月断肠、明月相随、明月不堪。这也是我们上得甘泉岛的人文性情所在。

月黑风高，强人出没。这一句对旧时真相的警示语，听过无数遍，也说过无数遍。此刻南海，目光所及，安宁无限，没有月亮的夜晚，风高浪急，能够对付分明就是超级强人的台风，化台风于无形，也就是天空中的明月了。

明月沧波。

明月扣舷。

明月轻桡。

明月满船。

二〇二一年六月十五日于甘泉岛海面

多少路标问晋卿

重回南海,有四座岛特别想再登一次。

倒着说来,第四是甘泉岛,对这一点,海南省博物馆老陈馆长有足够的解释权:来南海必须到甘泉岛,没到甘泉岛,等于没有来南海。这话有考古专业的考虑,南海这一片海域唯独甘泉岛上有天然淡水井,也是因为这口唐宋时期的古井,此岛才名为甘泉。古井之外还有一条完整的唐宋时期渔民文化生活遗址证据链,这也是南海诸岛中独一无二的。在普通人眼里,这岛上有自己想开就开的花朵,有一百多只没有天敌的野羊,有长江中游丘陵地区也有的小沙牛儿[1]做的漏斗状的精美小土窝等,其生物多样

---

[1] 指穴蚁蛉。

性和丰富性，是其他岛屿比不了的。第三是鸭公岛，自己第一次在南海游泳，与南海有了最亲密的接触，就是在鸭公岛面前的那片海水中，五年前，还没有见识旁边的全富岛，以为这里是南海一带最美丽的海滩。第二是赵述岛，在之前到过的岛屿中，赵述岛上的行走范围最小，留下的痕迹最明显。那一次所有来南海的同行，人人捧起来自祖国大陆的椰树苗，人人往沙坑里铺上来自祖国大陆的黄土壤，人人拿起水桶和水管，浇满来自祖国大陆的清凉淡水，在赵述岛上亲手栽下一棵椰子树，形成祖国最靠南的一片作家林。五年风雨雷暴，那些椰子树长得如何了，很想看上一眼。可惜除非是山中方七日、世上几千年的某处仙境，天下的考古队都不会管那发生才五年的闲事。考古队的行程中没有这一站，想去也去不了。排在第一位的是晋卿岛，原因却有点俗气，当初在晋卿岛上留下一张自己这些年来一直在使用、也一直在自我端详的照片。出家门之前，见行程安排有晋卿岛，特地将五年前在晋卿岛上穿过的纯黑色短袖衫和米灰色休闲沙滩裤全都带上，心里想着在那原地再照一张相。

南海这里，去任何地方只有水路。

"琼三亚运86399"号渔船从甘泉岛前的锚地出发，只用一个小时左右就到了晋卿岛前。从渔船下到小艇，还要行驶约二十分钟。小艇还没靠稳，我就手扶船舷弯腰站起来，努力打量着海岸线。

那一次，在晋卿岛的路旁，离海岸线很近的地方，立着一个像三星堆出土的神树那样的路标。按不同箭头指示的不同方向，分别写着去往其他岛屿的距离：永兴岛41海里，赵述岛43.57海里，北岛44.5海里，石岛41.79海里，石屿4.86海里，中建岛51.3海里。因为太好奇了，自己就在这路标下照了一张相。在照片中，路标所指还有两个岛，其中到东岛的距离被自己的肩膀挡住了，另外一个岛名被路标上指向中建岛的箭头挡没了。在照片中没有的路标，还有玉琢礁17.82海里，华光礁13.93海里，盘石屿24.57海里，浪花礁52.38海里，鸭公岛7海里，全富岛7.67海里，银屿6.59海里，珊瑚岛8.75海里，北礁40.33海里，等等。这几年，遇上某些报刊书籍需要照片时，这一张一直是首选，我喜欢照片中的路标，

● 二〇一六年七月初上晋卿岛时见到的奇异路标

而不是照片中的人。这样的路标不单是唯一一次遇见，路标背后的海阔天空更是所思所念的新奇境界。

依然穿着空降兵某部赠送的印有八一军旗的黑色短袖衫，搭配的也是那时穿过的米灰色休闲短裤。阳光从身后照过来，眼前的一切看得清清楚楚：停靠小型船舶的码头与栈桥还是旧时模样，海岸线上的变化也不是太大，曾经竖起路标的那道混凝土挡沙墙也还在，唯独路标本身消失了。南海不比陆地，陆地上前年修二级公路，去年又修一级公路，今年再修高速公路，隔不了多久，就要调换一次路标。南海之上这片环礁，在船老大的海图上，除了大的永乐环礁有六道门，环礁内大大小小的礁盘，也有各家各户的"门"，全富岛有全富门，羚羊礁有羚羊门，明天要去的石屿也有石屿门，如此等等，能找到一条自然天成的水道，就该谢天谢地了，没有人去改这改那，也不会让人随随便便地改那改这。原先的路标也只是大概指一个方向，切实可行的操作则是另外一回事。

有路标竖在那里，是一种象征。

旧的路标没有了，一定有新的标识取而代之。

● 二〇二一年六月十六日特意穿着与前相同的衣服重上晋卿岛

那次登陆晋卿岛短暂待过的永乐工委的板房还在，但已作为他用。新的工委大楼，里里外外、上上下下，一应俱全，让这些时在窄小船舱中快要被挤扁的同行忍不住感叹，又见到文明生活了。我从手机里调出当初的那张照片，请工委大楼里的一位女士确认那路标还在否。女士看后摇了摇头，从她来这里报到上班起就没见过这路标。

虽然心存遗憾，但更多的还是开心。

在这穷开心里，另有一位"老朋友"正在海边等待。

上次来时晋卿岛就已经长满草海桐树。五年过去，岛上的林木更加繁茂，从南面最高的迎风沙堤，到岛中央的低洼处，生长着以草海桐为主体，加上抗风桐、海岸桐、银毛树、木麻黄等构成的海岛雨林。有清末文献记载，这里曾有数丈高的植物，大可合抱，枝叶横张。如今的绿色植被，胜过当年许多。一条足以与任何都市公园绿道媲美的环岛步道上，连电瓶车都有了。紧挨环岛步道的是一条经过人工浆砌的环岛水沟，每隔一段就有一座庞大的蓄水暗池。只要下雨，那些溢出地表的雨水，都会经由这水沟流进蓄水暗池，成为南海上又一宝贵的淡水贮存。绕岛行走，左边是壮美的南海，右边是密不透风的草海桐林。左耳听的是波涛吼叫，右耳里全是林涛呼啸。正中央的阳光直射在头顶上，感觉却不甚酷热。

环岛步道在这岛上最大的一棵草海桐树下分出一条岔道。

五年前的那一群人也是从这条岔道，经过一处小小的兄弟庙，下到海滩上。

在晋卿岛与对面的琛航岛之间那条极深的海沟旁，一艘大铁船惊世骇俗地侧翻过来，倒在晋卿岛一侧的礁盘上。

这记忆太深刻了！五年前的那群人曾经想象，大铁船以这种方式存在于南海，一如内陆诸多地方，在容易发生车祸的路段，有意摆上一辆在交通事故中彻底废掉的汽车，给在那条道路上行走的其他车辆铁一样的警告。

眼前的这些人简直就是对先前那群人的复制。言语之间，与五年前的惊呼感叹几乎一字不差。是何原因导致这艘上百吨的铁船倾覆在这里？铁船倾覆了这么多年，为何一直无人将其扶正，再用拖船拖走？不用说，这样的议论最终都要落脚在南海上，当初那股浪潮具有多么强大的力量，才将一艘庞大的铁船近乎完美地抛到礁石上，而令其他浪潮这些年来再也挪不动分毫？

或许还要过几个五年，大铁船才能被彻底腐蚀掉。

只要大铁船继续以这种方式存在，对南海伟力的惊叹，就会像今天这样具体而形象地一次次地复制下去。

一股大浪冲过来，又退回去，礁石旁边的沙滩里露出一根或许正是铁船上掉下来的短铁管。有人捡起来，与别人说笑，这是不是明朝哪支船队遗下来的火铳管？对方

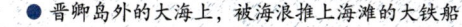
● 晋卿岛外的大海上，被海浪推上海滩的大铁船

也笑，说若是那样就价值连城了。

南海的海滩，走上千遍、万遍也会乐此不疲。驾驶小艇的小船老大们，一路上只对各种各样的海货有兴趣，这会儿像逗自己玩一样，只顾在靠近草海桐树丛的沙滩上寻找海龟脚印，然后竞相判断海龟是刚刚上岸准备下蛋，还是有小海龟从蛋壳里钻出来，回到海里去了。我在南海海滩上走过的次数，离一百遍还差很大一部分，更不用说一千遍，海滩上的一切都还没有看够，也捡不够。每每等到捡起满满一怀抱贝壳时，又发现有更美更奇的珊瑚出现，而不得不将先前捡起来的那些还给大海。南海的魅力就是这样，样样东西都让人爱不释手，不忍割舍。只要搬不走南海，南海留给每个人的就只有绵绵无尽的想念。如同那路标，千万里寻山过海，重归于此，哪怕再也找不着，仍会长久收藏于心。

换一种方式说话，就算南海同意，其他的谁谁也同意，将南海整个搬将回去，这天底下，哪里还有别处搁得下这南海？又到了离别时，在海岸线上新立的"晋卿岛"石刻前，我又照了一张相。还是五年前的衣着，还是五年前的心绪，毫无疑问，不用考证。

　　大铁船搁在晋卿岛。

　　晋卿岛搁在南海。

　　南海搁在长存于心中的那个路标上。

　　　　　　二〇二一年六月十六日于晋卿岛海面

龙洞云霞接海天

昨天晚上，又是明月满舱。

"琼三亚运86399"号渔船停在石屿旁，计划明天先登石屿，再去观察附近的永乐龙洞——海洋学与考古学称之为蓝洞。

趁着月色与同船过海的人聊最新消息。三亚那边，两名在海滩上戏水的儿童被突然冲上来的海潮卷走，一名从武汉来的年轻人，丢开女友的手臂，变散步为冲刺，义无反顾地扑向潮头。儿童得救了，年轻人却消失在一浪高过一浪的海潮中。悲苦之余，不免感慨南海这里的海潮规律为何如此复杂呢？

从古至今，从南到北，都有水性杨花之说。用物什比喻人性，往往使人忘了物什本身，只记得人会变，不记得水更善变。作为物质是如此，作为自然现象也是如此。小时候看过一本连环画，写侦察兵如何去敌占岛夺下敌旗，换上我们的旗帜。由此记住半夜十二点，海里会涨大潮。这几年，三次来南海，才晓得那连环画说的海，是在台湾海峡。南海这里，各个海区潮涨潮落的时间是不一致的，有的早，有的晚，世界各地海洋涨潮的时间也是如此，除了要查看相关资料，还要结合当地的海情预报，才能做到万无一失。

石屿一带礁盘水很浅，只有中午的大潮涨起来，水道足够深，小艇才能到达那块露出水面的礁石。小时候看过的那本连环画，描写被敌人占据的小岛，不经过唯一的水道就上不去。那颗幼稚之心曾经想不明白，四面环水的一座岛，怎么也像华山一条路？只要有船，只要会游泳，任何方向都可以上岛去呀！船泊石屿，一早起来，站在甲板上看那不远处礁盘上的海况，大部分海面是蔚蓝色的，剩下的还要分成两部分，一部分随风泛起雪白的浪花，表明那一带海水更浅，另一部分颜色较深的面积最小，形状也最复杂，也只有这样的海面才可以通行一只小艇。以礁盘来说，石屿这里的情形还不太明显，五年前去的赵述岛四周更加典型，其礁盘形状简直就是超级大号的锅盆碗碟，只有一个赵述门可供出入。吃水很浅的冲锋舟，在礁盘上行驶，船头与船尾扭动的动作之大，就像一位热衷于秧歌舞的胖妞。

这天造地设的水上围城，不是雄关，胜似雄关。

还没等到中午，船老大就放下了小艇，吆喝着让大家去石屿。

差一个小时才到大潮的最高值，船老大说小心一点就不会有事。

进到礁盘后，小艇底部果然与水底的珊瑚礁擦碰了几次，好在有惊无险。上到那座一半铺着细沙、一半完全裸露的礁石，先行一步的小贾队长冲着大家一一提醒，要后续人员小心，别踩着沙滩这边的海鸥蛋，更不可以捡起来把玩。

南海很大，可以带走的东西却不多。

相对考古工作，凡是有年头的历史器物，见着了就得带走。

在石屿，被带走的是考古队员发现的一块南宋后期的青瓷。

在鸭公岛，是小贾队长沙里淘金般找出的宋时粉盒。

在全富岛，是老陈馆长慧眼看透奥秘的庞大石化木。

在晋卿岛，我从一群人的脚下瞧见与贝壳珊瑚不尽相同的小东西，捡起来看过，觉得颇像老陈馆长按其深藏于心的寻宝途径在甘泉岛上找到的唐时陶器。回到海岸，在那棵大草海桐树下，我摊开手掌让小贾队长看。小贾队长接过去看了一眼，就问在哪里发现的。我将地点指了指。小贾队长走上前去，掏出手机一样的仪器将经度和纬度记录下来，然后像发一纸收藏证书那样笑哈哈地说，谢谢，馆里收藏了！我们沿环岛步道走上不到一百米，便又从小径下到海边。这一次，我又找到一块陶片。再给小贾队长看时，他如法炮制继续代表省博物馆收藏了。不过，这一次他说了一堆有趣的话，就差没有说，这是以实际行动向鸭公岛居委会老叶主任学习，向那位潭门女子致敬。

回到"琼三亚运86399"号渔船上，老陈馆长用专业语言作了评价：所拾陶片，为夹砂陶，碎片分别为罐之口沿与盆（或碗）之底。因在沙滩拾得，尚未得知是岛上遗物，抑或被海水从他处冲刷过来的，而此类陶器在海南沿用的时间较长，一时还不能简单地给它确定年代；但也应为早年人类遗物，对研究这一带岛礁人类生活历史具有史料价值。老陈馆长的话，给最终的科学判断留有充足的余地，本身就是科学态度的体现。私下里，还有人说，永乐环礁一带的岛礁大多发现过唐宋遗物，只有少数岛礁上至今什么也没有发现，晋卿岛就是其中之一，这两块陶片的发现很有意义。对我而言，更重要的意义是在个人经历中，亲手触摸到遥远的历史，还学得了田野考古的些许皮毛。

从来大海是人师。

南海这里，谁给她一点真心，就会得到十倍百倍的回报。

那位三十年没有出海的船工，一样的海钓，别人能钓起十几斤的海狼和红石斑，从头到尾，他只能钓起些小鱼儿，每每见到别人兴奋地大声吆喝，他就在旁边无奈地讪笑。好不容易抓住机会当一回小船老大，刚在小艇艇尾把舵的位置坐下，就被大船上真正的船老大厉声呵斥，逼得他只能到艇首探头探脑察看水深水浅。反过来，那位专事厨房的女子，从未上过小艇，闲时也操起钓具，不断地钓起让她心满意足、笑靥盛开的鱼儿。问起来，才晓得她随"琼三亚运86399"号渔船出海快十个年头了。

一向只写专业文字的老陈馆长，面朝南海也学着我们写起海上日记。在他的文字里，潭门镇上的那位老船长，就是一本师从大海、用自己的方式将南海变化成只传授给有心人的教科书。比如一朝发布、震惊世界的南海蓝洞。"琼三亚运86399"号渔船锚在石屿海面，也是为着一箭双雕，既方便登上石屿，也好去探永乐龙洞，也就是南海蓝洞。潭门的渔民早就发现蓝洞的不同寻常，并称之为龙空。潭门方言，空就是洞。有一句专门针对龙洞的谚语：一时忘记了龙洞。潭门渔民早年在龙洞附近捕捞，一旦发现鱼和海龟，只能在洞边用竹竿或长橹驱赶，如果钻进龙洞了，宁可丢下一声叹息而放手，绝对不会跟进去抓捕而有失敬畏。

● 在龙洞附近海面徘徊的渔船与小艇

从石屿回返渔船，天气不错，时间也够。

驾驶小艇的小船老大像是暗中捡到什么宝贝，又像是在两位女乘客面前炫技，将无限可能的南海当成随意蹦跳的舞台，用驾下小艇，在上面舞之蹈之。孰料乐极生悲，只听得一声巨响，小艇的底部碰上了珊瑚岩。南海大到无边无际，南海深得无根无底，也还是容不得半寸差池，见不得细微轻薄。小艇上的动静闹得很大，小艇本身倒还没有大问题，回到"琼三亚运86399"号渔船边，待全部乘客爬上大船，船工们立即启动吊车，将小艇拖上甲板，一刻也不耽搁，拿出各种各样的家伙，很快就将破损的位置修理完毕。

过程中，船工们像是做错事的孩子那样故意打闹说笑。

一旁的船老大始终铁青着脸，不时地亲自上前去，拨开众人亲自动手打理他所认准的关键之处。

放在其他等级较高的船舶上，这样的小艇被称为救生艇。上"琼三亚运86399"号渔船的第一天,就有船工说，二十世纪八十年代，自己头一回出海，赶上台风来临，渔船的发动机又坏了,无法前往避风处,只好丢弃大船,驾驶小艇,走了一天一夜,才回到三亚。在渔船上,小艇多用于捕鱼作业,到了命悬一线的危难时刻,同样也是救生艇。

小艇修理好了,船老大的脸色并没有变好。

关键是船老大还改口了,坚称去蓝洞的水路太复杂。

船老大没有提小艇的事,所说的每个字都包含着这点意外。

我们要去的蓝洞,被全体船工称为龙洞。

船老大说不能去龙洞时,那些船工流露出来的服从神情高度一致。

潭门镇那位老船长的境界不是任何船老大所能达到的。

南海上的事,到这地步,再怎么努力也只能是一场空。

这样的结果,没有什么好责怪。这里是龙洞或蓝洞,哪怕是纯科学的专业考古也还有人类惊扰之嫌。少了一次惊扰,于我们也心安一些。在陆地上常说一方净土,在海里姑且称之为一洞净水吧。这龙洞或蓝洞,自有人类传世以来，不曾有过尘俗的痕迹，正是得益于水上水下的艰难复杂，不是谁想将其作为目的地，就可以成为目的地的。

我们可以在深蓝色的大海上，仰望星空，看一看上午九时二十二分在酒泉卫星发射中心点火升空的神舟十二号载人飞船，在十五时五十四分与神舟十二号自主快速交会对接的天和核心舱，与此前已对接的天舟二号货运飞船一起构成三舱合体的中国空间站。这是一座通向未来的太空龙洞或蓝洞。

还有一座龙洞，在我们的灵魂里。

这样的龙洞即便人人都明白，能够抵达的路径，却不是随随便便就有了。

二〇二一年六月十七日于石屿海面

余乃轻帆信海游

又到北礁。

心情堪比船舷外的海况复杂而多变。

船过此地，就该回港，送我们上岸了。

海上十日，能领略南海奇瑰广博的九牛一毛，在一个长期生活在内陆的人眼里，这已经足够后半生受用了。算上之前在岛上行走的日子，此回离家已二十天，嘴里没说想家，话语之间提及家人的时候却越来越多。一想到真的要以车马换舟楫，离开南海，一种惆怅不期而至。

不算三亚崖州中心渔港，北礁是此番南海之行的最后一站。

事实上，北礁原本是计划中的第一站。

无论作为计划的第一站，还是实际过程中的最后一站，乘载我们的"琼三亚运86399"号渔船去来都在北礁停够了一夜。去时整个南海风高浪急，不得不放弃考古作业与人文历史采风计划。回时，想去的灯塔那一侧还是白浪滔滔，只能将渔船停在相对应的这一侧，借助礁盘之力挡住海浪。北礁礁盘方圆五十平方公里，换乘小艇穿越大半个礁盘，去那灯塔，原则上没问题。真要这么做，新的无法解决的问题就来了。北礁长约六点五海里、宽二点六海里，北距三亚市约二百五十公里，东距永兴岛约九十公里，位处国际航道要冲。在南海上走了一圈才晓得，北礁是南海著名险区之一，低潮时礁盘上有沙滩出露水面，高潮时也有个别礁石仍旧能够抛头露面。礁盘边缘不存在过渡区域，一步之遥便是万丈深渊。千百年来，有多少船只触礁后沉入深海不知踪影，过去从没法弄明白，将来大概也不会有办法一五一十地清点清楚。礁盘内风浪虽不及外海，水底下暗藏的风险，却更加难以处置。资料上说，北礁也是环礁，由东北一面伸展突出，有如水下山脊，不少珊瑚礁高出水面，使得浪花带十分明显，风力弱时，两至三海里之外仍能听见浪击礁石之声。因西南风海流强盛的缘故，北礁门也开于西面。已经发现在此触礁沉没的古今商船，仅仅是礁盘上就有十几艘。这些商船，都是情急之下，硬闯三十米宽的北礁门，以图驶入礁盘躲避突如其来的台风。三十米宽，一般公路的国道和城市住宅小区大门如此足矣，再高大的车辆都能够长驱直入。南海之上，供漂洋过海的船只出入的"门"，如此宽度，宛如供宠物进进出出的猫洞和狗洞。为避险而遇险，可见北礁之险名不虚传。

十天前，初到北礁，浓云如墨压在海面上，隐约看见北礁礁盘宛如巨大的银盆。十天后再来，海潮涨落，礁盘边缘浅滩有水溢进溢出，远远望去，如同汪洋大海中的一座城池。随行的队医老杨，非说那是陆地，用望远镜看了好半天后，才改口惊叹海潮魅力实在罕有。

天地山水，但凡异物奇观背后，伴随的凶险也出人意料。

中国（海南）南海博物馆建成后，有媒体报道，称其馆藏文物有八万多件。某次，南海博物馆的相关人员去别的博物馆联系借展事宜，对方笑称，你们有八万多件文物，我们这里只有两千多件，怎么还找我们借文物。虽然是笑话，事情却是真的。曾有民间收藏家，匿名向南海博物馆捐赠了五百袋海捞瓷器碎片，清点入库，共有七万八千多片。加上南海博物馆其他收藏，就有了八万多件藏品的说法。这么多的海捞瓷片，绝大部分是从北礁礁盘里打捞起来的。南海这里，沉船事故大多发生在礁盘内。北礁这里极为典型，在以风帆为航海动力的时代，每有台风，北礁这里是离主航道最近的避风之所。风浪越大，潮头越高，远远地冲撞过来，遇上礁盘边缘，泛起波浪蜿蜒几公里，极像一道黑白相间的海堤。那些高桅大帆的木船船队，从惊涛骇浪的外海，幸运地闯过北礁门，躲进礁盘里，从天而降的暴风骤雨虽然和外海差不多，海面上无论如何也掀不起三尺高的浪。偏偏这时候，若是过于放松，稍有大意，就会被水下礁石暗算，不得不留下致命的"买路钱"，扔下沉船所载、千百年后凭着海捞才重见天日的青花釉制的碗盘碟盒壶盏瓶罐瓮等等。

想来，惯走南海的人对短暂别离也有其不舍。

"琼三亚运86399"号渔船又一次放下小艇。不知是不是海上不成文的规矩,这是此回航程最后一次放小艇,船老大不惜屈尊以降,亲自驾驶小艇,当起了小船老大。船老大常年在南海来南海往,这一趟水上行程的终,下一趟水上行程的始,二者之间,同样少不了往来别离之情。在小艇上看,礁盘里面像是自家锦绣庭院,曲径通幽,花明柳暗,鱼群如若蝶鸟翻飞,海草好似花木迷人。南海数日,所见所闻,水上水下,多是陶瓷之物。从小艇下到海里,浮潜作业所见,珊瑚种种,如商周铜鼓,大楚编钟,强秦鼎簋;贝螺点点,似红山玉猪龙,石家河玉虎头,良渚玉琮王;一群群的鱼儿,恰似马王堆的金缕玉衣。天上人间,莫若海底,这才有南海龙王宝贝最多的传说。

我们有我们的舍不得。

船老大有船老大的放不下。

在南海面前,人人莫不如此,都有自己的舍不得与放不下。

自古以来,海南渔民,但凡到一礁一岛捕捞,离时总会将剩余的物品留在岛上,包括粮食与家禽,甚至还会种上一些力所能及的平时补充营养、急时可以充饥的植物，以备日后重来或者留与他人。在一些极具文学魅力的专业文字中，披露了一般人难得一见的真相。一九三三年法国人曾先后冒犯我国太平岛、南威岛、南子岛、北子岛、南钥岛、中业岛和安波沙洲等岛屿，史称"南海九小岛事件"。这年八月二十八日英文《南华早报》刊发一篇非法侵入中国岛礁的法国人的文字，一个月后，由广州琼山学会翻译成《法国人口中之南海九岛》刊在《岛光》杂志上。文中说，"又发现一个树叶盖的木屋，一幅整齐的种番薯的田场，一座小神龛，带着供神的小茶壶、瓶、筷，以及中国渔人的家神，这个小屋中悬着一块板，上面有中国字，其略如下：余乃帆船之主德茂，三月中旬带粮食到此，但不见一人，余现将米留下，放在石下藏着，余今去矣"[1]。在相关文字中，法国人还写有自己的不理解，南海渔民为何钟爱被称为鼻涕虫的海参？

入侵者只有掠夺者的猎奇猎艳，不可能怀有对南海的深情。

---

[1] 此段文字摘抄于南海博物馆资料原文。

南海的情与爱，不是因为南海之大，而觉得必须用台风一样的气势来表现，也不是因为南海之深，而以为要用万千海潮一样的力量来铭刻。这与爱一个人的道理相同，与其为对方写一部史诗并攻陷一座城池，远不及献上一朵玫瑰，并附上一封情书。南海更加在乎一棵普普通通的草，热爱一种让人看不上眼的鼻涕虫，珍惜为那位永远也不会晓得是谁的陌生人留下一点米和菜，还有那些上了船后只有兄弟没有父子的渔民。

昨天夜里，船泊北礁外，一位小船老大，驾着小艇到北礁礁盘里海钓，收获一条重达十七斤五两的大鱼。我忍不住将与小船老大说笑的话，连同大鱼的照片发到朋友圈里：夜里海钓，不好意思，大鱼跑了，钓只小鱼。实际情况就是如此，小船老大钓着的大鱼挣断钓线跑了，只将如此模样的小鱼带回船上。小船老大是这条船上最年轻的，在大海上钓起鱼来谁也比不过。惹得大家都说，南海是他家的鱼塘，想钓大鱼就钓大鱼，想钓小鱼就钓小鱼。小船老大钓过一条七十多斤重的红石斑。但他对自己很不满意，说谁谁钓起一条两百多斤的，更说目前的世界纪录

● 在南海钓起的一条"小鱼"

是六百多斤。小船老大这么说，心里是有想法的，而那些藏在目光之后、一直没有说出来的想法，是他对南海的深度了解，似乎在证明其在南海上漂泊了一百年。

　　船在南海行驶，一年当中少说也有二百多天，与风浪为伍，以岛礁为伴，光有你好我好大家好的泛泛之情还不行，还必须有自己时时事事都能够与南海进行有效沟通的真心与深情。

　　近山者仁，近水者智，近南海者得天独厚。

二〇二一年六月十八日于北礁海面

寻得青花通古今

一直想给南海的颜色找个合适的参照物。

毫无疑问，海洋的颜色是蓝色的。在浅海是浅蓝，在深海是深蓝，这一点也不容置疑。具体到南海，特别是从渔船上观看，而不是其他船舶，就会觉得南海之蓝，属于南海自己，不可以将天下海洋的人云亦云拿来说事，也不可以将南海的事反过来放之四海皆准。数一数自己见过的东海、北海、渤海、日本海、地中海、亚得里亚海、波罗的海，还有大西洋、北冰洋和印度洋，其中差异不可说没有，却没有南海给人的印象深刻。南海之行，越到后来，这种念头越是浓烈。正如那种酒精含量超过百分之六十的高度白酒，过于浓烈的高强度刺激，反而影响审美判断。

曾经觉得南海是稠密的，而用蓝水晶一样的雕塑来形容。

曾经觉得南海是晶亮的，而用蓝宝石一样的首饰来表达。

曾经觉得南海是结实的，而用蓝玛瑙一样的卵石来记录。

直到在海上度过十日，再次来到中国（海南）南海博物馆，见到赫赫有名的元青花，才真正得以释然。

在南海待着，免不了晕船。到返航时，有经验的人又提醒，小心到时候会有晕路。

黄昏之前，"琼三亚运86399"号渔船从北礁起锚出发。人生当中，凡事由差变好过程中的感觉不是很分明，由好变差一丝一毫都有明显体察。来的时候，从波涛滚滚的外海进到波澜不惊的环礁内，过了好久才悟过来。临到返航，"琼三亚运86399"号渔船刚刚驶出永乐环礁，海浪就变得又高又急。夜深时分，睡在小床上，整个身子一会儿被摇晃到床沿上，一会儿又被甩到船舱隔板的角落里。睡上铺的年轻同行，更是叫苦连连，贴了晕船贴也还每每作呕想吐。天亮前后,"琼三亚运86399"号渔船抵达近海,狂放的海浪有所收敛,才小睡一阵。时间不长,又猛地醒来,推开舱门,还没看到海岸线,先有一道山脉横亘在船舷外。陆生动物有话说,望山跑死马。南海上的这艘渔船,从望见群山到靠上码头,加足马力,轰轰隆隆地用了两个小时。提着行李跳上海岸,走了几步后,情不自禁地靠上一棵椰子树。

人在海上待久了,上岸后真的会晕路。

这一刻,晕路不是关键。关键是站在椰子树下,透过休渔期层层叠叠停在海边的渔船缝隙,能将我们刚刚渡过的南海,看得足够大,足够多,足够宽阔,足够让自己对南海一直迷恋下去。

迷恋是没有解药的,解决迷恋的最佳方法是让迷恋继续成为迷恋。

从二〇〇三年元旦,延续到二〇一六年七月,之后的迷恋绵延到了今次。第二次离开南海,不到十天,就有了关于南海发现蓝洞的特别新闻。第三次来南海时才晓得,当初新闻指晋卿岛所在的那片礁盘就是晋卿岛—石屿礁盘。二〇一六年七月的新闻说,在南海发现地球上最深的海洋蓝洞,实际上就是潭门镇渔民们祖祖辈辈敬畏和信仰的三沙永乐龙洞。"地球给人类保留宇宙秘密的最后遗产"的蓝洞,洞口直径为一百三十米,洞底直径约三十六米,深度达到三百多米,远超过巴哈马长岛迪恩斯蓝洞的二百零二米、埃及哈达布蓝洞的一百三十米、洪都拉斯伯利兹大蓝洞的一百二十三米、马耳他戈佐蓝洞的六十米。那一年,学界兴奋于永乐龙洞那难以估量的科学价值。在更加长久的人文历史中,从潭门镇出发的南海打鱼人,早就驾着大小船只满世界传说,蓝洞那地方本是插着老龙王的定海神针,因为孙猴子齐天大圣相中了这件神器,拔走定海神针,做了跟着自己七十二般变化的如意金箍棒,才留下这座深不可测的龙洞。

万千江河汇聚的南海与世间传诵的神话之间终于有了可靠的通道。

在烈火中淬炼过的如意金箍棒肯定是蓝色的,这是物理学所决定的。

所以拔走如意金箍棒后形成的龙洞只能是蓝色的蓝

洞，而不可能是其他。

在南海博物馆，小心翼翼地捧着看那瓷中极品元青花。摆满整个展示台面的元青花，全是与我们一同在鸭公岛一带海面躲避台风的"中国考古01"号船上的考古队员们刚刚"海捞"起来的。南海的颜色渗透到元青花里，元青花的颜色染透了南海。这不是什么近朱者赤，近墨者黑，是二者在南海这片海域的天作之合。从元代某个白浪滔天，桅帆断、橹桨裂、舵叶碎、舟舱覆的日子开始，沉没在与龙洞或蓝洞相隔不远的礁盘中的"石屿二号"木船，将满船的青花瓷器，慢慢地与南海融为一体。柔情的南海之水，本来就不缺少坚硬的力度；坚硬的元代瓷器，也堆满了柔情的风味。不同的坚硬，经过岁月打磨演化为坚硬的不同。迥然的柔美，历尽日月轮回，重现出柔美的迥然。南海从来不是元青花，元青花从来与南海没有利害关系。两种本是格格不入的东西，在南海之上，时光之下，呈现出万物天成景象。没有丁点的勉强，更不是强行拉拢的苟且，远隔万水千山的元青花与南海走到一起，让元青花与南海相互拥有彼此气象。

元青花里有一种空前绝后的壮烈底色。

这样的底色没什么不对，也没有怀着任何意义上的或褒或贬。元朝入主中原，给士大夫们习惯的桃花源之梦，注入粗粝的铁马冰河。蒙古铁骑越过黄河、长江之前的文化里没有海，更没有南海。那时候的蒙古民族有天空，有草原，有大漠戈壁，有十万匹野马狂奔的天边，这些与生俱来的自然气质，也是在蓝色背景下实现的。等到许许多多的蒙古铁骑换木船，见过南海之后，更将蓝色认定为文化的灵魂之色，描绘成世代相传的元青花。

在南海看来，一切本当如此，只是看过来的顺序有所不同。

这一天，中国空间站的航天员在高处不胜寒的太空，拍摄到地球全景照片。几位身在地球之外的人所看到的地球，整体上都是蓝色的。就像我们在高山之上看南海，在南海之上看蓝洞。地球上的人类无法不崇尚蓝色。地球的命运在于天空和海洋，而天空与海洋的颜色是蓝色。换言之，地球的命运是蓝色的。这就像人本身，连命运都是蓝色的，还有什么好选择的呢？

在南海永乐环礁的石屿礁盘上，不惜动用世上最先进的考古专业船舶，顶着台风，一次次潜入海底，哪怕只找到一个指甲大小的元青花瓷片，也会欢呼雀跃。那些专业上的解释是必要的，对国内仅存百十只完整元青花器物的珍重也是必要的，而我等几位，不了解其中真伪虚实，不可以班门弄斧，更不可以指鹿为马。

然而，只是说说颜色，还是可以的。

将这样的蓝色认定为地球人潜在的命运颜色也是说得过去的。

二〇二一年六月十九日于海口悦玺酒店542室

南海蓝之蓝海南

二〇二一年六月海南与南海之行的最后节点颇有意思。

别的人都将在海南师范大学与部分师生见面当成最后的总结。

我也到了现场,与大家一道,穿过来打新冠肺炎疫苗的密密麻麻的大学生队伍,进到图书馆大楼里面,参加分享会,并且还是第一个发言者。因为要去海口火车站搭乘过海的绿皮火车,说完了自己想说的,便起身告辞。从东到西横穿整个海口城,到了人员稀少宛如某个乡镇一级的车站后,又有一支小小的队伍必须穿过去。那些人是在岛上买了免税商品,离岛之际再在车站内的免税商店提货。作为自贸区的海南,这一点是最起码的事情。

刷卡上车后，等着我们的却是一种比时下内地乡镇企业还要初级的工业文明。

从三亚过来，终到郑州的K458次列车，共有十八节车厢，要拆解为四段，依次用专用动力车头推上过海轮渡。这期间全车断电，六月二十日的太阳，将没有空调的车厢晒成了烤箱，为了降温连续喝下的三瓶矿泉水，全部变成汗水流出体外。此前一直以为南海甘泉岛上的酷热是最难忍受的，那一趟行走也只喝了两瓶矿泉水。又以为从渔船下到小艇，穿着厚厚的救生衣呆坐在小艇上特别难受，也只是一口气喝下一瓶矿泉水。到这一刻才晓得这世上真是没有热得最难受，只有热得更难受。火车上的人都在议论，为何我们的"基建狂魔"不在琼州海峡修一条在技术上早已不在话下的海底隧道，让火车汽车直接通行？

将火车拆解成四段，过了琼州海峡，又将这四段重新连接到一起，我的海南之行才算结束。

这一番行程，前十天在岛上走，后十天在海上行。临回家时，都上火车了，还来这么一下子，作为此番海南行走的最后节点，能让人将一些意味深长的事情，若有若无地衔接起来。乘火车到海南,堪称是三番五次了,并不是自己喜欢坐火车,而是出远门时的某种障碍造成的无可奈何。之前所乘的火车,往返都是深夜过海,星月之下的神秘反而让思维受到牵制。这一次,天交正午,阳光最盛,凡尘中事,自然看得清楚明白些。

出海的第十天,载着我们的"琼三亚运86399"号渔船在北礁停留的时间足够长。从一开始就确定下来包括蓝洞等各个目的地,船老大是没有异议的,更谈不上有丝毫畏怯。上船后,大家在一起说得多了,不再依科学名称叫蓝洞,也用南海人的习惯称之为龙洞,船老大就不吭声也不接话了。"琼三亚运86399"号渔船行至俗名又叫龙洞的蓝洞所在晋卿岛—石屿礁盘外,任凭如何说话,船老大就是不肯起锚,理由是不晓得礁盘上的水道,贸然前去太危险。那位年轻气盛的小船老大在一旁挤眉弄眼,但也没有多说一个字。在南海行船,特别是潭门镇上的人,哪有不清楚龙洞的。南海是他们的生活,也是他们的崇拜。与偌大的南海相比,龙洞的体量太小了,构不成他们的全部生活。然而,这样的龙洞却是他们与南海日夜相处时，丝毫不敢苟且的长久信仰，是滚滚红尘中的一块净土。

离开北礁返航的那天夜里，渔船在风浪中向左边歪一阵，又向右边偏一通。作为乘客的我们都是外行，那年轻气盛的小船老大却是内行。他在私下里说，"琼三亚运86399"号渔船用的人工舵，对风浪作用于船体的反应有些滞后，等到感到必须对航线进行修正时，就需要矫枉过正，如此一次次地从纠偏到纠那纠偏的偏，渔船走不了直线，在航道上忽左忽右地画着S航线；如果用自动舵，船体对风浪的反应更加及时，不会S来S去，船上平稳许多，也要少跑许多路，从三亚到北礁这样一趟，还能省下一千多元的柴油钱。小船老大进一步透露，这条船原本安装了自动舵，船老大不会使用，在海上发生碰撞，之后就拆下来，继续用人工舵。小船老大的话我是相信的，因为在我们家，就曾有一位专业司机，开了几十年车，一见到自动挡的车就心烦，不知如何驾驶，而手动挡的车，只要四个轮子是好的，他就有办法让车子跑起来。说起公司老板为何不将使不了自动舵的船老大换下来，换上能使自动舵的，小船老大就不作声了。这个问题其实不难回答，在船上的这些天，小船老大偶尔也会替船老大在驾驶室里顶班，小船老大煞有介事地端坐在驾驶台前，我们看着总有这样那样的不放心。换回船老大，哪怕将一双光溜溜的大脚放在舵把上，大家都觉得理所当然，没有丁点不对之处。能在南海上劈波斩浪的人，有没有自动舵太次要了，重要的是不用言语，甚至不用脑子，也能同南海达成某种默契交流。

出海的第五天，船老大终于同意放下小艇送我们上鸭公岛。二〇一六年七月那次来鸭公岛，感觉好得不得了，有几年逢人就说，那是太平洋上最美的小岛，只要去了鸭公岛，准保往后不想再去什么关岛、马尔代夫和加里曼丹岛了。再来南海，忽然发现鸭公岛不再是最美丽的，最美丽的岛屿换成了全富岛。那些没见过之前的鸭公岛的人这么认定时没有心理负担，在我这里颇有些不好受。全富岛将鸭公岛比下去，是由于一般人上不去，岛上沙滩岸线自然而然地呈现着天地之间的曼妙。鸭公岛上，这几年去的人太多不是错，错的是满岛可见的废弃物，真的全捡起来，放到"琼三亚运86399"号渔船上，全船上下就没有地方能容下我们这些乘客了。深究起来，上岛的游客日渐多起来是原因之一，另一个原因是鸭公岛位于这一带海流通道上，海流既然能将大堆大堆的珊瑚残骸送到岛上，那海上漂浮的形形色色的垃圾同样会追随而来。然而，任何导致美丽不再的理由，都是不可饶恕的丑行。

龙洞与蓝洞，自动舵与人工舵，鸭公岛和全富岛，琼州海峡隧道的修与不修，这些都是海南与南海所必须面对的。在海南师范大学，我与大学生们说，前几年自己从吴淞口出发，将万里长江全程走了一遍。在可可西里遇见狼和藏羚羊，才晓得当地的藏族牧民，对待它们的态度，与外部世界的"三观"正好相反。一般人害怕狼而喜欢藏羚羊。藏族牧民反其道而行之，讨厌藏羚羊而喜欢狼。其中缘由，我在长篇散文《上上长江》中写得很明白。

在所有旅途的感觉中，最喜欢海里行船，那么辽阔深远的海域，一艘不足挂齿的渔船，能将自由与独立把握得那么有气质，并且还是在某些方面显得不合时宜的船老大把舵之下实现的。假如船老大百分之百按照考古队的要求去了又名蓝洞的龙洞，就不会有技术与文化在某种程度上格格不入而引起更加广泛的思索，进入到如南海一样广阔深邃的思想之中。

那位看上去与船老大有着"二心"的小船老大，一不经意就将自己彻底暴露在南海以及仿佛能够思想的南海面前。

在全富岛外的海面上见到一条小海蛇时，众人都为小海蛇而陶醉，唯有小船老大将自己打扮成一份"独醒"。其时，"琼三亚运86399"号渔船还下着锚，小船老大坐在船老大的位置上，一只手放在舵把上，望着面前的南海，自顾自地与我说，什么海蛇，从他第一次出海起，就没有在海里见过海蛇。小船老大极力压低声音说，他本不想开口，让他们说什么海蛇长海蛇短，但又实在听不下去。好在现在没有从前那么忌讳，不然他也是不会说的。小船老大非常不以为然地指责那些船工瞎起哄，那不是海蛇，而是海鳗。一般海鳗都在海底，不会轻易浮出海面。在南海上行船，最害怕海鳗，若是在海面上见到海鳗，会看作大不吉，会有大灾大难要发生。坐在舵把后面的小船老大，才三四十岁，那一刻里，就像是进到某种轮回，那神态，那仪表，还有想事和行事的方式，忽然就有了船老大那样的六十多岁的沧桑。

在船老大守着舵把不肯就范的北礁，不到南海就无法知晓的北礁，还有一个名字叫干豆。欧洲学者考证说，十五世纪时，有葡萄牙人来中国，请当地人领路，船过北礁，葡萄牙人问是何处，当地人说这里就是广东。葡萄牙人听不清当地话，将"广东"听成了"干豆"，写进自己的著作并流传下来。

在南海上，夜里待在船尾灯暗处，独自观看满天星斗，很容易想起这些道是无理却有理的事物。

比如，万泉河畔侨乡老宅蔡家宅，在河边修建有"留客渡"，河对岸有上东坡村和下东坡村，当年苏东坡被贬来海南，从没有到此地。当地人也说不出，为何有此两个地名。按照敝帚自珍的风俗，既然有了这样的地名，哪管胡编乱造弄巧成拙也要来上一段传说什么的。或许是当地人实在想不出来，也不愿意去想，明里暗里使一使性子，就这么叫了不行吗？难道不可以以此来表达对苏东坡的崇敬之情吗？《琼台纪实史》记载："宋苏文忠公之谪居儋耳，讲学明道，教化日兴，琼州人文之盛，实自公启之。"如同将与苏东坡毫不相干的村落叫作上东坡村和下东坡村，可以玩味，不可以当真。苏轼在海南才多少时日？纵然名声再响，在士大夫文化盛行的年代，一介贬官的影响力终究有限。在故乡黄州，乡亲们也是将一些没来由的事，想方设法与苏东坡搭上线，其中包括那句"惟楚有材，鄂东为最"，非要说因为东坡先生来过黄州，当地才开始变强豪为斯文，留下千年不断的文脉。一般情况下，文化之事，能与孔夫子接上线最好，接不上来的也要找个有说法的名人。如此，总比"头悬梁，锥刺股""子不学，断机杼"一类家长里短的劝学方式更方便流传。

南海上的传说，往往与大多数人的生活相隔甚远。海南岛上的传说大都与我们的日常起居相关。最具传奇气质的说法是海南的椰子只砸坏人、不砸好人，让人每每见到掉落在椰子树下的硕大家伙，不免心生快意。事实却不是这样，天下的椰子虽然都长着二郎神那样的眼睛，却是三只盲眼，不能识人，不会相面。据保险行业统计，每年被树上掉下来的椰子砸死砸伤的人不在少数。只不过这有点像被鳄鱼鲨鱼咬死或吃饭时被噎死,有谁会好意思四处说,自己家里的人被一口饭噎死呢?反而是被鳄鱼和鲨鱼咬死,天生就是供人在茶余饭后嚼舌头用的故事。更别说还有椰子只砸坏人、不砸好人的禁忌。世间之人多是普普通通的善良之辈,街坊邻里,你了解我,我了解你,相互间的口碑向来一点不差。这样的好人完全有可能被椰子砸中,一旦有人不幸中招,宁可说成是被高空坠物砸着了,也不承认挨了椰子的铁拳与闷棍,而让别人怀疑为隐藏太深的千年"老狐狸"。椰子年年砸人,却处处听不到椰子砸人的消息,大约就是这个奥妙。

K458次列车在辽阔的大陆上恢复成一字长龙状。

南海这里的传说,也似打断骨头连着筋,看上去互不相干,却又是那民歌所唱"久久不见久久见",以不见为见,以断为不断。

对于南海,还没到真正分离就开始留恋,是我们没有第二种可能的选择。二〇二一年六月中旬,似自己这样的游方之士,适时地用尽全部身心,让每一根毫发、每一只毛孔、每一片肌肤和每一次脉动,通过南海的一滴水、一粒沙、一块礁石、一只在珊瑚树丛中游嬉的彩色小鱼儿，最大限度地与南海好好相处，以求得自己也可以成为重新发现的这根定海神针的亿万分之一。

二〇二一年六月二十日于K458次列车

● 南海蓝之蓝海南

刘醒龙地理笔记
天天南海

海上散记

我有南海四千里

天章南海，人文三沙！

在南海，为三沙纪念馆题写这八个字时，内心非常诧异！

迄今为止，母语中的海字，写过无数次，真正面对这与人类相生相伴的关键景物时，却没有写一个字。与自己相关的这个秘密，曾长久埋藏在心底，不仅不想对别人说，甚至都不想对自己说。

我理解山，即使是青藏之地那神一样的雪山冰峰，第一眼看过去，便晓得那是用胸膛行走的高原！我见过海，在北戴河，在吴淞口，在鼓浪屿，在花莲，在高雄，在泉州，在香港，在澳门，在青岛，在三亚，在葫芦岛，在海参崴[①],在仁川,在芭堤雅,在赫瓦尔岛,在大突尼斯,在纽约和洛杉矶,面对海的形形色色以及形形色色的海,心中出现的总是欲说还休难以言表的空白!

这个夏天,到南海的永兴岛、石岛、鸭公岛、晋卿岛、甘泉岛、赵述岛,再到满天星斗的琛航岛,漫步在长长的防浪堤上,一种从未有过的东西,随着既流不尽也淌不干的周身大汗弥漫开来。分明是在退潮的海水,丝毫没有失去固有的雄性,那种晚风与海涛合力发出的声响,固然惊心动魄,那些绵绵不绝、生生不息、任何时候都不会喘一口气的巨浪,才是对天下万物的勇猛!包括谁也摸不着的天空!包括谁也看不清的心性!包括大海以及巨浪本身!天底下的海,叫南海!心灵深处的海,叫南海!防浪堤是一把伸向海天的钥匙,终于开启了一个热爱大海的成年男人关于大海的全部情愫!

拥抱大海或让大海拥抱,这是梦想,更是胸怀。

七月四日正午,从面积只有零点零一平方公里的鸭公岛上,纵身跃入南海的那一刻,一朵开在海浪上的牡

[①] 即符拉迪沃斯托克(海参崴)。——编者注

● 永兴岛上的收复西沙群岛纪念碑

丹花，冷不防蹿入腹中。哪有海水能畅饮？只是咽下这牡丹花的那一刻，心情很爽快。这世上最清澈的海，这海里最美丽的蓝鱼儿，这鱼儿中最柔情蜜意的彩色亲近，这亲近中最不可言说的沉醉！因为高兴，就必须承认，这是自己喝过的最可口的海水！

可口的南海，总面积三百五十多万平方公里，属于中国的有二百多万平方公里。四千里长的中国南海，每一朵海浪都怀有千钧之力，每一股潮水的秉性都是万夫不当之勇。偏偏还有一处独一无二的任谁都会觉得可口的泉水井。橘红色的冲锋舟将一行人送上甘泉岛滩头，走几步就能从沙砾中踢出西沙血战时击爆过的机枪弹壳，看几眼就有老祖宗生命印记的陶瓷残片跃上眉梢。待到从老水井里打起一桶，呼呼啦啦喝个痛快时，那种渴望宛如想痛痛快快地饮下万顷南海。我是喝过了，喝过了还难解心中焦渴，便抱起那只桶，将整桶水浇在头上，那一刻真个是水往身上，心往天上。偌大的南海，上苍竟然只有这丁点的赐予，再多一点的淡水也不肯给。

曾经写过好水如天命，这一刻又明了，天命亦可成为好水。

多年前，偶然读过一段文字，说是在解放军兵种系列中，除了陆、海、空军和火箭军之外，还有"第五兵种"。身处南海才晓得，这兵种的最高统帅是一名四级军士长，所率领的士兵只有屈指可数的四名。四级军士长和他的队伍被称为雨水兵，其唯一使命就是在别人盼望风和日丽时，蓄意反其道而行之，盼望老天爷天天来一场暴风骤雨。风刮得越猛，雨下得越大，他们越是高兴。这些全世界独一无二的雨水兵，十五年间，用尽各种办法，在永兴岛上收集上苍赐予的雨水一百二十余万吨。放在内陆，装下这么些水，需要一座小型水库。在中国人的眼里，南海再大再深，每一滴海水都不是多余的。在南海的雨水兵心里，更是抒写成南海天空上的每一滴雨都不是多余的。

面对这样的甘泉，一个人的情感会因丰富到极致而将其当作天敌，怀恨的理由当然是抱怨其太少。南海的天敌是什么？那个风高浪急的暗夜，我们在前往永兴岛的"三沙1号"上熟睡时，有贼头贼脑的舰船正在我船航线附近游弋。对此恶行当可同等鄙视吗？

在赵述岛却有一种明目张胆的天敌。向南的岸线上，礁盘像是有半个海面大，下水才走两步，就捡到一只疑为天物的彩条球体贝壳。事实上那是海星钙化后极薄的外壳。赤着脚小心翼翼地蹚过海水中密密麻麻的海星，在天敌横行的海底，仍旧生长着一丛美丽如琥珀的珊瑚，偏西的太阳照着海水，被阳光透射的海水浸润着珊瑚，神话般的珊瑚反过来用一身的灿烂，还南海以漫无边际的霞彩。

珊瑚灿烂，珊瑚的天敌海星也灿烂，同样从海水中捧出来的海星的天敌大法螺也一样灿烂。美是丑映衬出来的，爱是恨打造出来的，南海所有的灿烂无比，命中注定要由天敌激荡出非凡的审美格局。就像琛航岛上十八烈士大理石浮雕的壮丽，是与天敌的西沙之战所匹配的。

此刻，南海星斗遥远。太过遥远的南海，反而不似任何时候都是遥不可及的别处。只需站在海边，哪怕是最不起眼的一颗星，都会是世上最深情的人正在家门口深情地伫望远方。身处星星散落一样的小岛甚至是小小的小岛上，用这个世上最清纯海水洗过的目光，与同样用这海水洗过的星星相互凝视，譬如美济礁居委会的八十二岁老人与美济礁的相望，谁也不觉得对方渺茫，谁也不觉得对方垂老。用能看清三十米深海的目光，看什么东西都是美妙，看任何人事都是天职，看每一朵浪花都是神圣。所以，在最黑的夜，只要有一丝云缝，南海的星斗们也绝不会错过，即便那云缝只够容纳一颗星，那就用这颗星来闪耀整个南海。

真的不想再提那些热门的太平洋岛屿了！南海的海滩洁白如塞外瑞雪，又像故乡丰收的白棉花。这样的海滩只能是白云堆积起来的。即便是用脚踏了上去，再用胸膛扑了上去，也不愿相信，这是海水与海沙随心所欲的造物。除了天堂，无法想象还有哪里比得了，这一片连一片，每一片都令人不忍涉足，一湾接一湾，每一湾都比另一湾美不胜收的海滩。哪怕是只有零点零一平方公里的鸭公岛，只要开始行走，就会沉醉于扑面而来的万般美妙，丝毫感觉不出自己的双腿正在围着只够隐藏一对、最多两对情侣隐私的小岛绕行。或许天堂建筑师的灵感，正出自对南海诸岛的复制。或许干脆放弃什么天堂，对于人的想象来说，还有什么东西能够超越南海的恩典呢？对人的情怀来说，还有什么比南海更能使人心性皈依呢？

还有那海水，这世界所有现成的话语，都不足以用来表现她的气韵与品质，唯有那渔民平平淡淡地说，做一条鱼，不用奢求做一条青花鱼，也不用奢望做一条红花鱼，能在这海水里做一条奇丑无比的石头鱼便是前世修行的福报。毫无疑问，南海就是一门宗教，唯有使自身回归普通与平凡，尽一切可能不出狂言、不打妄语、不起邪念、不生贪欲，才能保证自己不会在那海天之下羞愧得抬不起头来。没有如此宗教，哪怕变成一只丑陋的沙虫，也会无颜面钻进沙土之中。

神圣之于天下的意义，不必彻底理解，但不可以没有敬畏在心头飘扬。

一顶竹编帽就能倍感荫凉的恩情。

一棵椰子树就能消解生存的绝望。

礁石再小撑起的总是对大陆的理想。

水雾再轻实在是甘霖对酷旱的普降。

用不着太多，只要看见一只玳瑁在南海中蹁跹的样子，就会明白幸福为何物。只要看见一只手从南海中悠然伸起来，将一件物什放进水面漂着的容器里，就会懂得收获何其有幸。一道雷电与一只海鸥在南海上的意义是不同的，雷电是肆意暴虐，海鸥在抒发自由。一只小小舢板与一艘航空母舰在南海的地位是相同的。航空母舰再庞大，也由不得其耀武扬威；舢板虽小，尊严无上。

一九九二年发表的中篇小说《凤凰琴》，以及随后的长篇小说《天行者》，写了深山小学校，用笛子与二胡演奏国歌，升起国旗。一直以来，此景象都是乡村教育的经典写照。一对夫妻曾是赵述岛上仅有的居民，对着大海一边唱着国歌，一边升起国旗。这样的画面没有成为南海的经典，夫妻俩作为升旗手，将自己锻造成一根钢制旗杆，十六点八级的超强台风"蝴蝶"也不能吹倒，才是神圣中的神圣。三沙的人，真个是出海如同出征，安家就是卫国。在中国的南海，这位曾在境外被非法扣押一年的丈夫说，做渔民的，有时候就像一条鱼，海才是我们讨生计最好的去处。他说的其实是一种博大的诗情：我在天涯我就是天涯！我在三沙我就是三沙！我在南海，我就是中国的南海！

用一张渔网向着最宽阔的海面！哪怕它是唯一一张渔网，南海的渔民也会美滋滋地撒下去，即便那海面视渔

● 南海渔民特有的信仰物兄弟庙

网为无物，也要用这渔网来打捞南海的历史与现实。

用一根钓线钓起最深的海沟！只要有一根钓线，南海的鱼钩就会坠入其中，即便那水深不可测，那鱼重达千斤，也要用这一头连着大海、一头连着人心的丝线传达南海的灵魂。

在最猛烈的海浪下，只要有一丝踏实，南海的海沙们就会勇敢落地，即便那地方只能安放一粒细沙，那就用这粒细沙来界定茫茫海天。

一个人来到南海，不只是做每一粒海沙和每一朵海浪的主人，也不只是做一座海岛和一片海洋的主人，而是为了与每一粒海沙、每一朵海浪、每一座海岛、每一片海洋，成为兄弟。如此才有赵述岛上那座兄弟庙，其传说与道德的主旨是：船上没有父与子、海上不分叔与侄，上了船，出了海，所有人都是患难兄弟。海有海的哲学与审美，海有海的叙事与传奇。不进入大海，就无法理解一滴水。理解了南海的一滴水，才有可能胸怀祖宗留下的南海。

流火的七月，歹毒的台风即将袭来，却暂借船头一片平静。南海之事，一天也耽搁不起。南海之美，每一样

● 二〇一六年七月三日，一群作家在永兴岛祖国万岁崖壁。二〇一六年七月二日至六日，作者应中国作家协会、中国出版集团和三沙市政府邀请，赴西沙群岛采风。是为三沙市成立以来，首批登上南海诸岛的作家之一

都刻骨铭心。如是写下这诗句：

长城长到天涯几？

永暑永兴永乐知。

我有三沙四千里，

不负南海汉唐旗。

二〇一六年七月五日初稿于琛航岛

二〇一六年七月十一日定稿于东湖梨园

菩提南海树

在南海，曾被仰望。

世界上有许许多多的东西值得仰望，凡是受到仰望的东西一定是人间瑰宝。一个人无论尊卑贵贱，也不在乎俊美丑陋，总有其不得不仰望的时刻。所以，仰望是人生的一种大德，是生存的一种修养。当高山就在面前，站立者抬起头，身躯会受到某种锻造。当星斗就在面前，站立者抬起头，心灵会受到某种清洗。这些是往大处着眼，而与高处的长者、尊者、智者面对，那些油然而生的仰望无疑会成为催促与激励。

仰望难道不就是如此由低处向高处的张望吗？

在南海如此张望的仰望比比皆是。走在小小的海滩上，美丽的贝壳们，哪一只不是这样？沿着没有尽头的水线走着，大大小小的浪花，敏捷地冲上滩头，再洒脱地退回海中，进退之间的哪一个细微变化不是这样？稍远处，正在退潮的海水中露出黑牡丹一样的礁盘，一串连一串，哪一串不是这样？还有被阳光染成彩色的海水，或者干脆就是用海水染成彩色的海水，由着那些任性的青花与红花鱼儿，最快乐的跳跃与冲击也是这样。即便是供人行走的岛屿，那最小的与最大的，也同样倾注着可以称为仰望的情绪。

在南海待到第三天就会明白，种种习惯的仰望在这里都成了错觉。

明知没有瑞雪，没有谁会在南海想着仰望雪山与冰峰。也清楚南海没有秋风，没有枯叶，也就不会心怀对秋天的仰望。

让人不曾料到的是，南海的天空很小！

见过草原的觉得比不了草原碧空！

见过戈壁的觉得比不了戈壁星际！

到过大江流畔的觉得比不了大江流畔水天！

到过高山峰顶的觉得比不了高山峰顶苍穹！

甚至比故乡炊烟勾勒出来的青天红日还要小，小到连五更鸡叫、黄昏放牛、东篱种菊、西塞问鹤都会勉为其难。这看上去很小的南海天空，没有哪一朵云具有真正的高度，没有哪一抹霞光是从高处飘来，也没有哪一只鸥鸟能飞得比人的睫毛高。那些足以遮蔽一切的漫无边际的雨水中的任何一滴，竟然都是从额头上滑落下来的。仿佛有人一不小心撞破隐藏水天的奥秘，降下这仿佛并非来自云层的雨滴，而更像自身额头上的汗珠。到了夜里，太多的星星垂在眼前，伸手去摘都觉得太费事，恨不能吹口气就掉下一颗。在别处的天际里，月亮是那样遥不可及；到了南海，那只硕大的月亮用不着月光，而像镜子那样直接面对夜行者，几乎能使人撞个满怀。

南海秉性大概如此，一切都在眼皮底下，没有任何一种东西能够真正具有高度。

如果南海真的不需要高度，那又如何仰望？

如果仰望是人的灵魂尺度，南海如何丈量？

这是南海一天天积累的疑云，也是南海一天天将要给出的答案。

人世间一切事物不是没有疑难，也绝非没有解脱。越是不可理喻的东西，所隐蔽的真理越接近于常识。有过这么一句诗：有恨思填海，无言可问天。在南海，这种境界是无法成立的，除非改为：有恨思破天，无言可问海。

只有问一问南海，才知道，海天之间，有一种珍宝叫作树。

有植物学家走遍南海，只在永兴岛上发现已有百年树龄的两棵大叶榄仁和两棵抗风桐。此外就只有晋卿岛上还有一棵树龄在一百至二百九十九年之间的古树。拥有二百多万平方公里的中国南海的五棵树，该怎样活过自己的百年？

在很多人的故乡，很多人都有一棵由长辈替他们种下的同年同月同日生的树。也有人没有如此福分，比如我，所以，当有机会在城市里拥有块自己的土地时，我便迫不及待地将父亲母亲有了固定住处后，亲手种下的桂花与紫薇移植到我的院落里。我们的爱可不可以重来？我们的情可不可以重来？植树如扎根，留种如留心。一棵绿油油的树，哪怕是天底下只有这孤单的一棵，也是最踏实的。至少可以在这树下，将几十年前、几百年前的往事，托寄给活生生的枝叶，任风来摇曳，任蝶来舞蹈，一不小心就有可能遇上从记忆中退出很久的心事。

一棵树能活下来就不需要原因，那些活不下来的肯定有原因。

这话说的是唐诗，在唐诗里，许许多多的珊瑚树、芳菲树、蓬莱树、窗前两好树、婀娜金闺树、孤电挂岩树，已经活了两千年，还可以再活两千年。

在南海，一棵树活不下来不需要原因，那些活下来的树肯定另有原因。

倚岩千树，辛弃疾说了第一个原因；惊鸦时绕树，陆游说了第二个原因。第三个原因，需要我们来说。

所以，在南海，有一种比天还大的事情叫作种树。到南海的第三日，一上到赵述岛，大家便扔下各式各样的抵挡紫外线的物什，手忙脚乱去种树。树苗很小，却怀着未来高大壮硕的椰子树的梦想。在别处若为大树，莫与草争，有草来缠那就长得更大，不声不响地遮蔽死它们。

但在南海，一棵极不起眼的小草，其珍贵程度丝毫不亚于正在栽下的椰子树苗，也不亚于那五棵早被当作至宝的百年古树。南海选择椰子树来相伴相生，不是因为椰子树知道一棵树能够在南海活下来的原因，而是椰子树有让一切小草在树下从容生长的品格。

随着渡轮隔海搬来的黄土，随着渡轮隔海搬来的净水，我们的仰望是要抵达椰子树根。

椰子树苗很小，比女子的高跟鞋略高，但不及男子的小腿。我们的仰望恨不能变成供其茂盛起来的椰子树根。手拿铁锹铁铲或者铁锄，弯腰趴在赵述岛上的这一刻，一应人分别变成了李敬泽树、樊希安树、王树增树、曹文轩树、刘醒龙树、苏圻雄树、应红树、刘亮程树、范稳树、吴玄树、董宏君树、徐则臣树、石一枫树、张定浩树、陈晗雨树、范党辉树、李晓晨树，还有黄晓华树、冯文海树和肖兴树。此外还有四棵，这刚好剩下的四棵椰子树，该不该叫黄河树、长江树、黑龙江树和雅鲁藏布江树？或者是叫泰山树、华山树、天山树和昆仑山树？再不就叫洞庭湖树、鄱阳湖树、太湖树和青海湖树？还可以叫渤海树、黄海树、东海树和南海树。当然，最有可能也最应当是仍然用曾经在我们身边，让我们总在纪念的那些名字。比如曾经共同在三亚外海的西岛上为南海栽过一棵树的陈忠实之树，比如自己的每一篇作品都要放在被褥里捂上一阵的贾大山之树，比如半辈子坐在轮椅上的史铁生之树，比如英年早逝几被世人淡忘的姜天民之树……

海风随来。

菩提树上。

有灵魂的树不是供人仰望，而是为了延续我们对南海的仰望。

长江三峡两岸崖壁上的疏花水柏枝、中华蚊母树，如果知道生长在海边珊瑚石灰岩缝中，既叫海梅又叫海芙蓉的水芫花，肯定会仰望南海。九寨沟中的七彩林海，如果看得见将花瓣开得像枫叶的猩猩木，肯定会为自身永远没有第八彩而仰望南海。满青岛城的爬墙虎如果联络上南海中比牵牛花更像牵牛花的爬藤花，有可能不敢太茂盛而仰望南海。仿佛秋天里开遍北方原野的蟛蜞菊和本来就是海棠果的海棠果，与之面对就像站在自家门口对邻居家小院风光的仰望。在海与岛之间构筑一道绿色屏障的草海桐、曼陀罗和银毛树，是天下水线的仰望。攀附在陆地最外侧的海岩上，与海水共进退的锥穗钝叶草、盐地鼠尾粟、海马齿苋等，是不毛之地的仰望。南海的国土上从不生长杂草，所有生长在南海国土上的植物，都是中华民族的瑰宝。永兴岛上的一位军人曾将南海的全部花朵收藏在军营里。守卫国土也即是守卫国土上的一草一木。比如椰子树，每生长得高大一些，就对树下细小的生机爱惜十分。

做一棵树！

做一棵椰子树！

做一棵生长在南海的椰子树！

真的能做到如同生长在南海的椰子树，才懂得与任何一朵小花、任何一棵小草共生共荣的意义。

南海蓝，蓝海南，将蓝颜色发挥到撼动人心的南海，是开在人世间的一朵最大的蓝色花。

生长在这蓝色花一样的南海的椰子树，是狂风吹的，也是巨浪打的，还是盐碱折腾的，在百折千回中生长得千姿百态。有横躺在海滩上的，有歪斜在半空中的，有盘旋着先向北再扭头向南的，有弯腰向下再昂首朝天的，虽然东倒西歪，虽然左右失序，虽然上下难分，南海的椰子树一直记得大海在哪里，一直记得天空在哪里，一直记得不使自身多占了阳光雨露，一直记得不使躯干压迫了任何小草小花。

冲锋舟在风浪中将我们一下一下地抬得很高，为了驶向停在大海中央的那艘大船，在抬得很高之后，又将我们沉入浪谷。在海浪的后边，小小的椰子树，只要三年时间，就能像近处早先长成的正在挂果的椰子树那样，成为海天间的新高度。谦谦君子模样的椰子树，总是面对南海，恭敬地低着枝头。从浪谷中看南海，南海是如此险峻；从浪尖上看南海，南海是如此壮阔。一旦到了大船上，就会看不见椰子树了，但在椰子树上一定看得见大船，还看得见银杏、水杉、香樟、松柏，还看得见牡丹、玫瑰、兰草、狗尾巴草……

春情浩于海，佛性深如海，雀老方悲海，老龙卧苍海，这些都不足以形容南海！

落红愁处如海，这话表达的也不是南海，而是默默别过南海时的心境。

花花芳草，森森树木，被仰望的南海，于椰子树那里是最深的情怀，也是最明白的意境。对南海的仰望，没有高过椰子树的。像椰子树那样，长得越高，站得越高，对南海的仰望也就越多。生长在南海边，而成为最美风景的椰子树，从第一次仰望开始，就向世间诉说一个真理：对南海的每一次仰望，都需要低下头来！就像俯首入尘埃，又似俯首视寰宇，更是俯首流泉仰听风！只有低下头来才能领略南海，而哪怕是稍稍抬起眼皮，就会被南海挤进狭窄的天上去。

二〇一六年七月二十日于东湖梨园

蓝洞

第一次用手足腰肢颈项、用头发耳郭肚脐、用泪水汗水、用太阳穴人中穴涌泉穴接触南海。我努力将自己所拥抱的南海想象成小时候戏水的大别山溪,成年后孤独游过的长江三峡,以及从十年前开始天天都去游上一千米的恒温泳池。我也明白,拥抱我的南海在用一种更加强大的能量浸润我的每一寸肌肤,以给我新的温情、新的才华和新的命运。

有情怀的拥抱总是令人痴迷。

我在诱惑南海,南海也在诱惑我。

如果是相恋,这便是两情相悦的极致。

如果是相依,这便是相约朝朝暮暮之后万般无奈的又岂在朝朝暮暮。

我努力向海潮涌来的方向游去，浪很大，潮水更大，却没有丝毫拦阻的意思。海水从很蓝变成更蓝，又从更蓝变成更加蓝，海滩上那些呼唤转身的声音渐渐弱到穿不透海涛音响。待真的转身时才发现,海滩仍旧停在咫尺之处。也是这一回头，就有了南海心得，壮阔从来不会拦阻任何事物，那些在壮阔面前感到被拦阻，实在是性情与壮阔的差别太过悬殊，是望而却步后自叹不如的逆向陈词。

从南海海水中起身，与别处的起水完全不同。分明身在船上和岛上，脚下甲板坚硬，沙土松软，从身心到眼界，与泡在海水中几乎没有差异。

到处是海平线！

到处是海岸线！

不是被海平线所迷惑，就是被海岸线所迷惑！

偌大南海，真个找不出看不到海平线与海岸线的地方。

沿着鸭公岛的水线走，有人弯腰从贝壳石堆积的软松海滩上拾到一块指甲大小、色彩沉重、沧桑满满的陶片。陶片太小，看不懂在它还是完整时先人们曾经用来做什么，也看不懂画在上面的釉彩是祈祷吉祥还是福报安康。只隔一日，在赵述岛，在退潮后的礁盘石缝里，我找到一块巴掌大小的陶片，上面的釉彩也大了许多，只不过同样看不出闯荡南海的祖先，在它还是作为整体的一部分、没有碎成陶片时，是用来盛淡水还是装食物？像随机测试那样，南海时时刻刻都有可能给出一种祖先的古老命定，又不肯随随便便地说明白祖先们的踏破铁蹄事、花好月圆情。

不需要猜测的椰风很熟悉，熟悉到不能不记起夏夜纳凉时，家家户户的外婆与奶奶、母亲和姐姐用大蒲扇扇起刻骨铭心的清凉。不需要猜测的珊瑚很美妙，美妙得像那邻家女孩或是隔着窗户，或是隔着篱笆，用红裙与霞光打扮出来的无与伦比。即便是难得一见的砗磲在那里大肆夸张，将记忆中的蚌壳模样从巴掌大小、半公斤重量，放大到长约一米、重达一百公斤之巨，也能熟悉地联想到白云青草间放浪游牧的羊儿牛儿马儿们的自由自在。

在赵述岛拾到陶片之前，去那甘泉岛上时，就已经习惯从船头跳上海滩，从满世界的贝壳中，细细地拾上几只，再细细地挑选一只最好的留下，其余的则一一扔回南海，这才进行下一步，真正踏上陆地。甘泉岛上的清泉于我事先是有所想象的，喝过、洗濯过，心有感动当然不会意外。从千百年前就有了的甜水井周围开始，那小小的热带雨林则是介于意外与不意外之间。林中小路通往岛的中心处，那里的地势较高，十六级台风卷起的浪花也绽开不到如此高度。天气奇热，地表温度很高，高到每擦一把汗就会与自己所居住的著名火炉城武汉做一回类比。擦过几十次汗，扔掉上百把汗，将甘泉岛与武汉的类比越来越多，越发现两地大不相像。能在汗水中想象的终于变成别的了。一阵蝉叫响起，在汗水中想到的火炉，终于变成少年时去大山上砍柴的那些小路。还有那小路上，每走一步都焦渴难耐，每每与林风接触，浑身上下就毛茸茸湿漉漉的瘙痒难受。

南海的路是漂在水上，一会儿在波涛上，一会儿在浪谷里。偶尔会延伸到岛上，那也是婴儿在母亲怀抱里生长，要不了多久就得自己满地撒欢，用自己的腿去行走，万不得已时还得用手相助，走不得了只有爬。

南海的行走是在水上。

上了岸的南海，如同爬行。

在甘泉岛，只用十分钟，就让人如同解脱般终于走出小小的热带雨林。面朝一块空旷的草地，再次低头擦汗的那一刻，我忍不住叫了一声：沙牛儿！没有其他人的共鸣，也没有其他人对我的兴奋表示兴趣。天气真的太热了，就像当年上山砍柴，除非万不得已，任何同伴都不会对他人的小小惊喜表示认同。除非大家全都歇了下来，全都有了淘气的念头，才会出现有呼有应的共同行动。

我太高兴了，自己竟然毫不犹豫地记起沙牛儿！

很高兴这少年时节比小猫小狗更加有趣、更能带来别样意味的沙牛儿，还藏在记忆深处，一有需要便分秒不误地重新回到现实世界。沙牛儿是一种小甲壳虫，长着一对牛角一样的小触须。整个少年时期，沙牛儿是每个夏天都要反复玩弄的小把戏，却从没有人知道它的真正名字。事实上，就连沙牛儿的叫法，都有可能是一群砍柴少年的创造。那些年的暑假，上山砍柴时，只要见到地上有小酒盅一样的细小沙窝，哪怕太阳就在头上挂着，也要停下脚步，趴在地上淘气一阵。小酒盅大小的沙窝，更像后来才见识到的小小沙漏，事实上也精致得如同沙漏，周身极圆，窝底极尖，在极尖锐的窝底，肯定会藏着一只自己将自己埋起来的沙牛儿。少年知道藏起来的沙牛儿要干什么，捉了一只蚂蚁或是小虫放入沙窝，那沙牛儿果然一个翻身钻出来，将蚂蚁或小虫子捉住，又一个翻身将其拖入沙窝深处与自己的身子一道重新隐藏起来。有时候少年不想让沙牛儿太省事，故意将一只肥硕的蚂蚁或较大的虫子放进沙窝，沙牛儿爬将出来，却打斗不过，待到嘴的美食离去后，还要花费精力重新将细小沙窝打理得该圆的地方比乒乓球还圆，该尖的地方比刀尖还尖。

就像他乡遇故知，在汪洋南海中遇上沙牛儿，不能不让人平添一种兴奋。

兴奋归兴奋。兴奋是真的。兴奋只是一时，过后总是觉得此中还有某种欠缺或者可以理解为失落的情态也是真的。一只沙牛儿的细小沙窝有哪些意义？将没来得及细数，也不可能数清楚的整座甘泉岛上的沙牛儿的细小沙窝，全部相加又有哪些意义？在南海这里，沙牛儿的细小沙窝是别样的存在。大别山高，南海岛低，一只叫沙牛儿的黑色小甲壳虫，偏偏能贯通其上，穿越其里，连虫儿都能早早来到南海，何况号称好汉的男人和执掌好汉荣誉授予权力的女人。

这些断断续续的念头与情绪，这些涨涨落落的海潮与海风，在从南海回到武汉后才有了顺畅。

从新闻里得知，自己刚刚去到的晋卿岛所在的那片礁盘上，发现了地球上最深的海洋蓝洞——三沙永乐龙洞，南海与世间传诵的神话之间终于有了可靠通道。那"地球给人类保留宇宙秘密的最后遗产"的蓝洞洞口直径为一百三十米，洞底直径约三十六米，深度达到三百多米，远超过巴哈马长岛迪恩斯蓝洞的二百零二米、埃及哈达布蓝洞的一百三十米、洪都拉斯伯利兹大蓝洞的一百二十三米、马耳他戈佐蓝洞的六十米。学界兴奋于永乐龙洞那难以估量的科学价值。在人文历史这里，从潭门镇出发的南海打鱼人，早就驾着大小船只满世界传说，蓝洞那地方本是插着老龙王的定海神针，因为孙猴子齐天大圣相中了这件神器，拔走定海神针，做了跟随自己七十二般变化的如意金箍棒，才留下如此深不可测的龙洞。

在少年的兴趣里，藏着沙牛儿的细小沙窝，几乎就是一座大山抛来的媚眼。永乐龙洞，这世界上最深的蓝洞，就该是藏着南海全部美学、全部真理、全部勇气和全部可爱的天生慧眼。

学界说，尚未观测到蓝洞内与外海联通，洞内水体无明显流动，从一百一十米水深处开始，水中的溶解氧含量几乎为零。又说洞中礁体与礁体之间有珍珠网一样连在一起的细线，上面布满絮状物，这让人硬是将自然奇观的最深蓝洞想象为齐天大圣进出过的盘丝洞。为什么不能凭借想象呢？有了想象，那藏着沙牛儿的细小沙窝，与永乐龙洞这举世无双的绝美蓝洞，就不会缺少命定的关联与通达。沙牛儿的细小沙窝将南海送达年少时的乡土，叫永乐龙洞的蓝洞要关联与通达的是天下少年与中华血脉。

蓝洞通向哪里？深刻的三百米，划出世上蓝洞的极限，这样的极限如果不是用于屏蔽与阻隔，就一定是到达与通晓的宣示。比如家国必须捍卫的底线，比如人伦必须彰显的价值，比如说溶解氧为零的深海会有海怪一样见不得阳光的厌氧生物。还可以比如文学是要学习成为美，而不可以企望自己的笔将自己弄成丑八怪后，美会主动走进文字里，化鼻屎般的腐朽为神奇。

将冲锋舟从空中砸进浪谷，又从浪谷抛向空中的海潮，没有刹车，也没有倒挡，摧枯拉朽一往无前轰轰烈烈地驶到一条长度有限的海岸线前面，太像九千台轿车加上九千台卡车，排成两排同时追尾的模样。深蓝的南海海水一碰上陆地就变得激烈了。不是男子向女子示爱被拒绝而气血攻心，也不是姑娘对小伙表明心迹反遭嘲讽而柳眉倒竖，在内陆一向是山不转水转，来到南海就变为海不弯岛弯，山和水不是矛盾，海与岛也没有冲突，视野之内全是与生俱来的性情驱使。激烈的海潮打碎自身，留下如美人腰肢一样的白嫩海滩；时光的岩石挺起自身，展示的是如婴儿眸子一样的清洁浪花。

既是咫尺之遥，也是一步之差。只需要跨过这用来砸碎海潮的浅浅白沙滩，南海就变化成如故土乡情一样的风景。

沙牛儿的细小沙窝深不过三厘米，三厘米的极限对

● 蓝洞附近的海面

万物花开的世界真如一个笑话。如果没有那淘气的少年，如果没有淘气少年长大后突然迸发的记忆，这沙牛儿的细小沙窝存于世上的意义会出现在教科书中的哪一页？

沙牛儿待着的细小沙窝，细沙曾经细得就像婴儿的皮肤，如今依然细得像婴儿皮肤。细小沙窝曾经圆润得就像美丽女子的笑靥，如今仍旧圆润得就像美丽女子的笑靥。这么多年过去，依然也好，仍旧也罢，还可以看清楚，轻轻松松席卷八千里的东西南北风，走了就走了，就不再有一丝一线回头的东西南北风，全在这细小的沙窝里，用听不见的风声呼啸，用看不见的风尘滚滚。

带我去砍柴的小径上那沙牛儿的细小沙窝，曾经是一个少年心中最大的神秘，明知细小沙窝尖锐的底部正躲着一只黑小的沙牛儿，还是忍不住要用茅草秆，试探着挑一下，哪怕每次挑出来的无一例外是那黑小的沙牛儿，也要在心里大惊小怪一场。这一次，在南海，又掐了一根草茎，又挑出那沙牛儿。这么多年了，沙牛儿还是那样黑、那样小，一点没见长大，性情一点没见变化，躲过草茎便一个劲地往细沙底下钻去。我没有再做什么，我知道黑小的沙牛儿一会儿就会自己爬出来，将细小沙窝打理得如同美人美脐。我是真的心满意足，能在千万里之外的南海，见到少年时的朋友，尽管沙牛儿不曾理睬我，那是因为它从来就不理睬除了蚂蚁昆虫之外的任何生物。用不着回头，想回头也无益，只要稍稍挪开，沙牛儿的细小沙窝就会被任何一片叶子所遮蔽。所以，我宁肯一边往前走一边想象，这不经意的美妙，是那天堂中人因羡慕南海而瞒天过海那样，想瞒过人世间所有眼睛而悄悄修在南海深处的一扇表示后悔的心灵窗扉。

让南海带上那与佛事禅意相关的两个字，可以组成很庄重很庄严的不二词语：南海观音。在真实的南海面前，用不着带上这表达灵魂精气的两个字，那平常见不得的庄严与庄重就是一种结结实实的无所不在的存在。为了南海万物的方便，与南海一般大小的南天，顺带一个门字，组成仅有的词语：南天门。其所展现的旷古神话及其传承下来的全部神圣，到了真实的南天环境中，可以一边摘着椰子，一边驾着渔船，绝对不会耽搁为了抵达南天深处的行程。当然，也可以像选择高速铁路和高速公路，以及国道、省道和县道那样，选择从哪一朵云缝中行走更加可取。

不去想这蓝洞是去往哪里，有这样的三百米，足以点化世界。

不去想这沙牛儿的细小沙窝为何能满世界生生不息，如此三厘米足以为世界点睛。

于是，就有了在远离南海的地方拥抱南海。

于是，就可以在不知道南海有神奇的环境里领略南海。

二〇一六年八月十六日于长春松苑宾馆

去南海栽一棵树

认识陈忠实是在海边。

那是二〇〇三年十二月底，俗称圣诞节的日子里，一百万字的长篇小说《圣天门口》初稿终于完成了，带着闭关数年间对家人的亏欠，携夫人和女儿到海南岛休息。本意是悄悄地不想惊动朋友，一家人离开海口时，才发短信给蒋子丹，说自己来了，不想打扰她，但还是知会一声，现在去三亚了。谁知蒋子丹马上来短信和电话，说她正在三亚陪着陈忠实，还有李国平等人。且不由分说，在我们一家到三亚后，硬是把我们接去与陈忠实等人同住一家酒店。原计划私下的家庭休闲变成了公开的文学活动。印象很深的是，女儿见到陈忠实后非要喊爷爷，我不同意，让喊伯伯，女儿又不同意，觉得陈忠实比爸爸老很多，只能喊爷爷。实在没办法，只好由她去。那天我们搭乘警备区的交通艇去一座没有对外开放、全部由部队驻守的小岛，从满是贝壳的沙滩码头上岸后，一队被海风吹得黑亮的年轻士兵在木栈道上列队迎接，冲着走在最前面的陈忠实齐声喊道："首长好！"背着一只黑色单肩包的陈忠实一时没有反应过来，陪同上岛的警备区政委在他身后小声提醒一句，陈忠实才像有点羞涩地大声说了一句："该干什么干什么去！"惹得跟在身后的我们想笑又不敢笑。那座神秘小岛除了军人再无他人。动物也只有两只狗，一只是公的，一只是母的，士兵们给这两只"狗男女"取了淡水河边那对中华民族公敌的名字。我们叫着两只狗，两只狗马上跑过来。陈忠实也学着叫，那两只狗却不大听他的。大家就说笑，陈忠实的陕西话很深奥，它们听不懂，正如这个世界上与中华民族为敌、喜欢当汉奸的某些人听不懂我们的善意。

岛四周的海却懂得一切。女儿在环岛的沙滩上，欢天喜地地捡着贝壳珊瑚，大人们面对深蓝大海时唯一的选择是沉默。天水茫茫,巨浪无边,那些与别处不同的海水,仿佛看得见年年月月台风刮过的痕迹。一般人上不了这岛,上了岛后任何人都要种下一棵树,这既是责任,也是纪念。我们一起在岛上的人工树林中合力栽下一棵树那次,是这辈子栽树事例中最神圣的。能在祖国的南海,栽下一棵将个体荣耀与民族兴盛紧紧联系在一起的命运之树,实在令人激动,也令人感慨。只是女儿还不到五岁,不懂得人间还有比快乐淘气更为紧要的庄重与庄严,硬是从一脸严肃认真的部队首长那里拎过那如黄金般珍贵的淡水,用自己的小手浇灌给小树,弄得在场的官兵们不知如何是好。半年后,陈忠实成为我们一应作家的团长,率队重走长征路,从南昌出发,翻过贵州境内的梵净山后,我们在住处的院子里,面对一棵小小的红枫叶树,突然说起在南海的小岛上一起种下的那棵树,还有我那淘气的女儿。女儿的情况我当然尽知,但是那棵树,那棵我们一起栽下的神圣而庄严的树,虽然相隔只有半年,那些摧毁力超乎想象的风雨对我们栽下的那棵树有过何种的滋润?那里的海涛对我们栽下的那棵树有过怎样的侵袭?我们

● 与女儿在南海边,就是这一次,她坚持要将陈忠实称为爷爷

共同的想法是，只要那棵树能活下来就好。

二〇〇六年四月二十日在汉口百步亭又见到陈忠实，之所以要特别提及这个日子，是因为那天他从东湖边归来，冲着我发了一声感叹，说东湖哪里是湖，完全是海！屋里的人很多，陈忠实是看着我说的，他一定是又想起南海空阔无边的波涛，还有被波涛团团围住的那棵由我们四只大手栽下去，再由我女儿那双小小手浇水灌溉过的杳无音讯的树。多年之后，我才想起，在那一刻，我本当要回答一句的，却没有回答。也是在这次见面的前前后后，因为《圣天门口》的出版，我接受了不少于百次的访谈与采访，我多次说过自己读书的真相，却没有一家媒体如实登载过，原因也是为了我好，害怕我这大实话一出来，会得罪一排人。我说过这样的话，当代中国作家的作品我读过三遍的只有《白鹿原》。那次见面后刚刚二十天，陈忠实就寄来我代朋友索要的他的书法："胸中云梦波澜阔，眼底沧浪宇宙宽。丙戌书古诗原下陈忠实。"这样的诗句也是海一样的情怀了。当陈忠实说东湖是海时，我本当要告诉他，《白鹿原》的文气像海洋一样！

为人当胸怀江海！生长在滴水如金的黄土高原上的陈忠实，慨叹东湖如大海时，是用自己的心胸装着宽广的海洋。

二〇〇八年元月七日正好是周一，我在西宁参加完由《芳草》杂志推出来的青年作家龙仁青的作品研讨会，早上九点整，正是北京那边的上班时间，忽然接到中国作家协会几个同行的一连串电话。同行们一上班就收到由武汉市汉阳钟家村邮局寄出的匿名信。经历红卫兵运动后，同行们普遍痛恨写匿名信的行为，也不相信匿名信，所以才特意提醒我当心小人。面对与近日中国作家协会颁布第七届茅盾文学奖评奖条例相关的不正常的文坛躁动，我只能说无聊，甚至连无德都不想说。话虽这么说，心情还是相当不好，曾经很自信，这辈子没做什么能遭人泼污水的事，却还是遇上了。原本打算回家的，便改变行程，去了九曲黄河第一湾的循化。站在高原之上，发现黄河之水也能如此清澈，想着那点无妄的脏水若泼进这样的黄河，又能改变什么，心胸于是豁然开朗。所住的循化宾馆二〇一房，隔着两堵墙就是十一世班禅参拜十世班禅故居时住过的二〇五房。那天下午,我们一起前往十世班禅母亲的家。接下来的一些事情,当地人评价说,是非常吉祥的。于十分复杂的心情下,我写了一首歌不是歌、词不是词的文字:雪山想念天鹅,哈达想念卓玛,彩云一样梦幻的姑娘,是雪莲中的雪莲。酥油灯点亮千年高原,吉祥湖畔开满花朵,啊雪莲中的雪莲,你的眼睛是我的"措",你的泪水是我的错。草原想念羊群,白云想念情歌。羊圈中生下你的阿妈,是卓玛中的卓玛,小小女儿要牵苍老的手,忧伤的爱禁不起祝福。啊卓玛中的卓玛,你的泪水是我的"措",你的眼睛是我的错。写完之后,也不知为什么,忽然想起来发短信给陈忠实。陈忠实不会发短信,他马上来电话,说自己高原反应严重,一直不敢来这些地方。听说我们回程要路过西安时,他很高兴,还特别说,很想见见与我同行的朱小如。他说一声,多年不见朱小如了,不知有多少情怀在其中。

二〇〇八年一月十日从西宁飞西安的航班一再延误,一直到十八点二十分才起飞。到西安后,正在取托运行李,女儿来电话,祝爸爸生日快乐。也在三亚认识的李国平已等候多时，陕西省作家协会办公室主任杨毅亲自驾车。到了市内，径直去餐馆，陈忠实率红柯、周燕芬和李清霞等已等候多时。

见面后我将在西宁机场买的一盒雪茄送给陈忠实。见面不一会儿，陈忠实就主动提及《圣天门口》，他用那天下独一份的陕西话，说起马上要评的第七届茅盾文学奖，并说《圣天门口》肯定会如何。可以肯定陈忠实说这样的话，不是得了一盒雪茄的原因，在陈忠实眼里，天下雪茄都不如被关停的宝鸡卷烟厂出产的七元钱一盒的雪茄好。借着高兴，我先说，第四届时，我的长篇小说处女作《威风凛凛》就与《白鹿原》一道入围初评的前二十部。接下来我再将前几天有人写匿名信的事当众说了，形容这是前途险恶的凶兆。闻听此言陈忠实哈哈大笑，然后说了两个字：喝酒！一杯酒喝下来，陈忠实再次冲着我笑，这一次笑却是意味深长。二〇一一年八月，《圣天门口》之后创作的长篇小说《天行者》获第八届茅盾文学奖之际，想起当初陈忠实的笑声，顿时明了个中滋味。

说话间，朱小如透露今天是我的生日，陈忠实连忙让李国平重新安排一下。人在旅途，遇上这样一群好朋友，既吃上了寿面，又吃了蛋糕，一位在西安很红的民间歌手，追着陈忠实而来，也顺便唱了一首生日歌，真的很是惬意，一时间就将那匿名信的不快丢到九霄云外。在西安的第二天，李国平带我们去陕西省作家协会转了一圈，得知陈忠实的办公室是当年"西安事变"时，张学良用来关押蒋介石的地方。我也找到机会难得大笑着说，这就对了，这样的房子只有像陈忠实这样的人住在里面才镇得住，别的人待在里面怕是要出问题的。几个月后，第七届茅盾文学奖终评结果出来了，在许多打来电话宽慰的人中，让我既觉得意外又觉得感动的是陈忠实。二〇〇八年十月二十八日傍晚，我和夫人，还有儿女们正在一起吃晚饭，陈忠实的电话来了。在话筒里陈忠实长叹一声，说简直不敢相信，前些时，他还在《西安晚报》的访谈时，预估《圣天门口》最有可能获奖。陈忠实也不知如何说好，只是一声接一声叹息不停，就这样说了近十分钟，还不肯放下电话。那样子就像是陈忠实自己犯了错，明明公开对记者们发布了个人预测，而今又没有兑现。陈忠实说，这叫我如何与记者们说呀！到头来反而是我劝他，说自己的作品，一定有写得不好的地方，让人揪住了。而当初敢于替《白鹿原》担当的像陈涌先生那样的人又没能出现第二个，出现如此结局也是可以理解的。这一次，我算是与陈忠实合力栽下又一棵树，只是这棵树是无形的，用肉眼看不了，用文字也难叙述，但她是文学的风骨气韵，更是人格的清洁爽朗。

曾经收到一封电邮，落款是陈忠实，内容则是推荐某个青年作家的作品。粗读一遍发现不是那回事，再细看信，又发觉多有不对，比如对方称我为"您"，这显然不符合我与陈忠实一向交流的话境。于是打电话过去问。陈忠实没有直接表示什么，只是说曾向一些青年作家推荐我编的杂志，却从未推荐过具体的作品。换了别人可能会不高兴，发发脾气也是正常的，陈忠实在电话那边不轻不重地说了几句，就将此事轻轻带过，再没有丁点表示要追究的意思。如何对待这种成功心切、时常使些小手段的青年作家，陈忠实又像在海边栽小树一样，在风狂雨暴的季节，重要的是呵护。

二〇一二年五月二十六日，我开车去甘肃参加一个文学活动，要经过西安，途中约陈忠实，到西延路上的一家酒店小聚。我们刚到，陈忠实就来了，还令人惊艳地带来一箱白鹿原出产的樱桃。正是收获的高峰时节，那樱桃特别红艳，而我又是格外喜欢樱桃口味，一口气吃下许多，甚至还约定有机会去白鹿原，坐在树下吃那樱桃。陈忠实很高兴，历数陈世旭、刘兆林、舒婷、张炜等朋友，都去他家原上吃过樱桃。第二天一早，我开车继续去往兰州。天黑前，到达兰州城外一处度假村。一帮当地与外地的作家先到了，在那里美美吃着烤全羊，喝着鲜啤酒。我将自己吃剩下的半篮红樱桃拿出来，初时无人动手，待我说起这是陈忠实在白鹿原上亲手摘下的红樱桃时，不知从哪里伸出来那么多的手，眨眼之间就抢得精光。吃完以后还有人盯着汽车后备箱，以为那里面还有。

二〇一四年八月十九日，《芳草》杂志到西安举办一个活动，那天西安城内发生一件令人啼笑皆非的事情。有两拨人在同一酒店喝酒，因为口角而互相厮打起来，其中一方打了对方的人后，发现被打的人是地方要员，打的人是个小官员，也没有人逼他，自个儿主动下跪道歉，而那地方要员也下跪请对方起来，等等。大家说笑话时，我给陈忠实打电话，告知自己来了西安，因为日程太满，只有第二天中午有空，问能否见面聊一下。陈忠实稍一迟疑还是同意，让找好地点再告诉他，他会准时来。回头再给李国平打电话，要李国平届时也到场聚一下。李国平听后，接连追问是不是明天中午，还说，老陈中午有午休习惯，是绝对不见任何人的。听我说绝对不错后，李国平很感叹，说："你的面子太大了，这是我认识老陈以来，头一回见他中午出来见朋友。"李国平的话说得很严重，我想想也觉得太严重，为什么要生生破坏他人多年养成的良好习惯呢？第二天早餐后，我发短信给陈忠实："中午就不打扰你了，你先好好休息，我们在酒店吃过自助餐后赶着去华山看看！"那天上午我有讲座，九点三十分结束时，陈忠实刚好来电话，说过遗憾，又约下次见。中午李国平来小坐，说起来才知，老陈情况不太好，陕西省作家协会党组正要向省委报告,让老陈到医院仔细检查一下。那一刻，我们的心情突然沉重起来，当然，也更加觉得，自己主动取消中午小聚，不管成与不成，于情谊是何等珍贵。

二〇一五年七月七日，我去北京参加中宣部一个活动，在八大处报到后，正在无所事事地乱串门时，红柯拖着行李进来，三言两语之后，便告诉大家，陈忠实患口腔癌了，正在做化疗，吃东西很困难，完全靠鼻饲。我心里一着急，明知自己没办法帮忙，还是请红柯回西安时，带去几句话。几天后的晚上九点，红柯来电话，他将我托转的癌症靶向治疗方法转告给陈忠实，陈忠实要他一定代为感谢——这时候还有朋友惦记。红柯当时在电话里说，老陈对治疗很有信心。再往后，与知情的朋友打听，也说情况恢复得不错。却不知，再得到消息时，自己只能沉重地写上一句：西去永西安，大道送大贤！那天也是从游泳池里起来，得到消息，着实有些不肯相信。时间不长，电话就不停地响起来，都是媒体的朋友，心知他们的意思，却不愿接听，我很清楚自己心里还没做好接受这一事实的准备。直到终于可以面对时，我接听了一家媒体记者的电话，刚刚开口，说我知道你是为什么事，接下来本要说陈忠实三个字，只是这名字还没说出来，自己已泪流满面，哽咽着半天说不清一个字。

二〇〇九年十一月六日，陈忠实曾打电话，要我给他寄一本《天行者》，他说他当年也当过民办教师。在《天行者》的扉页上，有这样一句话：献给在二十世纪后半叶中国大地上默默苦行的民间英雄。这句话用于陈忠实同样不错。二〇一六年四月七日下午，在江西于都中央红军长征第一渡纪念碑前，我代表重走长征路的作家们发言，开头的一段话是说给陈忠实的。我说十年前重走长征路时，陈忠实是团长，十年后再次重走长征路，陈忠实身患重病无法成行，有于都这样曾经庇护过十万红军的偌大福地，希望于都将太多的奇迹赐予一些陈忠实，希望能庇护长征精神的最好诠释者陈忠实平安长在，养好身体再当团长，再与我们一道继续将这政治与军事的长征融合为文学精神的长征。

这时候，我记起那些撒在兰州城外的来自白鹿原上的红樱桃核。按照童年的经验，那些从嘴里吐出来的红樱桃核不可能全部入土发芽，但也有足够的比例让这些来自白鹿原的红樱桃长成小树苗。正如南海小岛上那棵由不同

● 二〇一六年七月在赵述岛上再种几棵椰子树,纪念陈忠实

的手共同栽下的树,有天地护佑,一定可以长成祖国南端最坚强的硕大之树。

我不记得南海上那小岛的名字,[①] 也不记得与陈忠实共同栽下的那棵树的名字,更不记得那位同意我的不懂人间艰辛的幼小女儿亲手将一桶如黄金贵重的淡水浇在小树上的军人的名字,但是我无论如何也不可能忘记,白鹿原和大别山、东湖和南海、南海上不知名小岛上不知名的

---

① 写完此文后不久,遇见蒋子丹,问起来,她说这小岛名叫西岛。

小树和在兰州城外被朋友们一抢而空的白鹿原上的红樱桃，她们都有一个共同的名字。

用我的长江边故乡的话说，男人的泪水是金贵的，因为她是南海上那能浇灌初生树苗的淡水，因为她是那被人生酸甜苦辣泡过的醇酒，因为她能够结出苍黄莽莽的北方大地上灿烂的红樱桃。天下文学莫不是在南海种下一棵树，天下人等莫不如艳丽的红樱桃，好看固然重要，还要做得到在北方黄土高原上也能好看，也能作为他人的生命营养。

二〇一六年六月六日于宜昌

山在东海中

一次看海,十年心宽。

这话不是在晋卿岛上看南海想到的,不是在台湾岛花莲岸线上看东海想到的,也不是在秦皇岛看渤海、在青岛看黄海想到的,更不是在赫瓦尔岛看地中海、在济州岛看日本海想到的。所谓心宽体胖,所谓心底无私天地宽,所谓将军头上能骑马、宰相肚里能撑船,所谓世界上最宽阔的是海洋,比海洋更宽阔的是天空,比天空更宽阔的是人的胸怀,所有这一切旨在表明过程很重要。前几日,取道浙江温州,去到福建福鼎太姥山对面东海上的嵛山岛,不仅经历之前类似过程,更有不再类似的结果。

这结果也是那天早上,独自面对东海的获得。

由于从获得中感觉到海的漫不经心，进而认为人在必要时完全可以因小失大。

一般海岛，大概分为礁盘型，海底山脉型，由大陆架延伸到海里、再从深海中探出头来的孤峰型几种。去嵛山岛之前，尚且不知世上还有如此小岛。踏上小岛半天了，依旧不太相信，这么个岛，这么个景致，会被地理学界誉为中国十大最美海岛之一。作为山水经典的太姥山，以及太姥山中带有些许妖娆的经典传说，还有太姥山当地大名鼎鼎的物产，甚至某些平常之物，都比嵛山岛深刻许多。

比如栀子花，一般人家庭院里有上一棵，最多两棵就足矣，否则就会听信传说，真以为太过香浓的花朵会吃掉人的鼻子，让人变成丑八怪一样的塌鼻梁。这一带，一座座山岗，一面面山坡，被种植成洁白的花海，那些规模巨大的栀子花香轻而易举就被车轮轧进柏油公路里，让黑漆漆的道路因为异香而闪烁起来。比如大小河流中各颜各色的鲤鱼，将从黄河边来的朋友们馋得心慌，当地人竟然视若无物，闲时站在水边，用随意捡来的枝条伸进水里拨打几下，郁闷时给自己解解闷，不郁闷时给自己逗个乐。宁肯将鲤鱼当成放养的宠物，也不往美食方面去想，还态度诚恳坚决地劝人，吃鲤鱼实为天大的不吉，并举例说某某将军就因为不听劝告非要吃鲤鱼，放下筷子不久便机毁人亡。

去往嵛山岛的东海上，海浪轻摇，海风柔顺。一些在岸上会犯糊涂的事情，到了海上，用不着太费力气，就可以整理出"福山福水福鼎，白金白银白茶"一样清晰的思路。开花的栀子花，模样是大半个茶树；不开花的栀子花，就等同于茶树的亲姐妹了。让普遍喜茶好茶的福鼎人看在眼里，不似香茶胜似香茶，远比别样的万紫千红顺畅亲切。

福鼎人有一种每每溢于言表的自豪。越来越被当成大地方的温州，同样临海，温州人放着自己捕捞养殖的海鲜不吃，成群结队地跑来福鼎，毫不避讳地说这里的海鲜比自己那里的海鲜味道更好。既然有这么好的海鲜，那还吃鲤鱼做甚！人与人，事与事，物与物，美与不美，好与不好，道理显而易见，一点也不深奥，用不着往生僻怪诞的旮旯里追究。这些关于鲤鱼的个人判断，其实是第二天早上独自面对东海时的心得。

隔着那道双层渡轮半小时就能越过的海峡，嵛山岛上也有在别处是美味，在本地只是水中尤物的鲤鱼；也有只需要将车窗打开几秒，就可以灌满整个车厢，并让自己忽然变得贪图享受的栀子花香；还有在大陆屡屡泛滥成灾，在汪洋大海上胜过液态黄金，多少年来从不干涸的淡水湖泊。陪同的那位美丽女子至少提起三遍，说这湖里的水与太姥山上的泉水同源，通过地下水系，越过大海，再顺着岩石缝隙从岛上冒出来，形成大小两座天湖。岛上土生土长的小伙子的说法却大相径庭。嵛山岛上山峰较高，周围的海水在阳光照射下变成水蒸气，上升到山顶附近，遇到冷空气后，凝结成水雾下落，又被海岛上罕有的植物涵养收纳，化为泉水，再汇成湖泊。两种说法的最后归结都是除了几座大型岛屿，嵛山岛是太平洋上唯一自带源源不断淡水的小岛。

有淡水就有一切。嵛山岛上的植物就像大队候鸟瞄准水草丰美的目标迁徙而来。或许太过靠近制造诸多神奇自然景观的北纬三十度线，处在比北回归线更北位置的崳山岛，有着热带雨林一样的气质。除去那些人工因素，还有被咸海风吹得漆黑的岩石，沿途所见，葳蕤之下，几无裸露地表。沿着石级行走，两旁植物风姿各异。那低眉垂首的艳山姜，那小却张扬的金鸡菊，那于山野之上也不改娇柔的山茶花，那看上一眼就要屏住呼吸等着幻象发生的近乎传说的木麻黄。紫珠摇摇，南烛粒粒，珠芽景天花黄如伞，玉叶金花叶白似云，石楠花开闻不得，菝葜香随风飘远。还有那叫悬钩子的，小时候自己待过的山上就有生长，而且是上山砍柴最喜欢的一种，砍一棵几乎就能捆小半捆，烧起来火旺旺的，让做饭的长辈也能得空来一两句夸奖。

那叫作芦荻的，本是洞庭湖边"先天下之忧而忧，后天下之乐而乐"的参照体系，是鄱阳湖畔"落霞与孤鹜齐飞，秋水共长天一色"的景物标志，却匪夷所思地出现在半山上。天下海岛莫不害怕缺少淡水的枯旱，崳山岛的样子是枯旱的样子，崳山岛的形势是枯旱的形势，崳山岛的环境是枯旱的环境，如此样子、如此形势、如此环境，让天下诗歌千古吟唱的芦荻迎风浩荡，随雾沉浮,自由散漫地创下这自然界千古奇观。如果没有崳山岛,人所常言的半湖芦荻、半川芦荻、半江芦荻,即便用唐诗宋词元曲那样的狂放写来,江川湖泽都只存于大海对面的苍茫陆地平野上。崳山岛上的芦荻,将石缝当成了江,将山坡当成了川,将土坑当成了湖,将流沙砾石当成湿地,将瓢虫当成虾蟹龟鳖,将蚱蜢当成鲢鳙鲫鲤,将探路的枯枝当成划水的船桨,将令人担心的灼热山火,当成令人恐惧的灭顶洪流。而最关键处是真的将露水雾气潮风,当成真正的江河湖水。与芦荻一道自由自在生长的高山草甸,也与芦荻一样不可思议。这些简直是在颠覆三观的高山草甸,被太小的道路阻隔在巅峰一带,罔顾教科书中高海拔和原始生态的生存条件,不肯老老实实生长在相关理论所规定的三千米高度之上,硬生生地扎根在只有海拔五百多米的崳山岛上,将自己打造成不大不小的叛逆少年,为古老的东海以及环太平洋塑造出一派青春气象。

　　绿玉般的崳山岛上,最多的是柃木与松树,最少的是蔬菜和庄稼。比蔬菜和庄稼还要少,可怜到可以忽略不计的则是空地。偶尔见到一蓬南瓜,还是勉为其难地爬在接近九十度垂直的岩壁上。那些比随遇而安的南瓜更擅长于适应季节的植物，用自身的根须将一切可用之地早早霸占。没办法，人心向来如此：在黄沙蔽日的戈壁沙漠，一棵小草足够称为宝贝；在古树参天的原始森林，一缕阳光就会引得万物趋前。嵛山岛上的植物太多了！太多了！太多了！任何一小块空地，哪怕只能供人伫立张望，都会在事实上成为黄金地段。

才一天时间，就开始怀念能有一片双脚不会无缘无故践踏生灵的地方。这独一无二的期盼，促使浩大东海在日夜循环的潮汐之间，为嵛山岛设置一片同样独一无二的海滩。在嵛山岛，一夜好睡，早上醒来，打开门，梦里植物们千姿百态的动静，就被扑面而来的大海一扫而光！

时间将近六点钟了，海平线上还不见太阳的踪迹，海边漆黑的礁石像是还没有睡醒，从高高的海堤跳到它们身上，那种滑溜溜，很像当年上学时，同学们扎堆睡在一起，某个人中途有事，不得不越过人堆时，一百个小心也没有用，终将会踩在不知道是谁的腰肢与大腿上的感觉。被海水洗得过于干净的礁石面前，是同样被海水洗了一夜的海滩。一大股水量充沛的溪流，从看不见尽头的树林里冲出来，将大片海滩一分为二，规模上虽然远不及站在崇明岛上看万里长江如何汇入东海，骨子里的意义却没有丝毫差别。按照溪水的意思，在其右岸海滩上，先是往更右的方向走，快到尽头了，再转身回来，才察觉这片海滩有着不同寻常的安静。对安静的第一感觉若是来自无意之间，随后的第二感觉就是有意为之了。也正是这般有意为之，才会最终确认，原来安静也会大不相同，眼前这些安静，是极品，是前所未见的安宁。

与挤满树木的高处相反，崳山岛前的这片海滩上，既找不见一只贝壳的碎片，也听不见有沙螺沙贝或者别的软体生物在浅浅的沙层下面，吐出小小气泡时细微的啵啵声。夜里被海水冲刷过、被海浪碾压过，天快亮时又被夜雨和晨露清洗过的海滩上，一年到头都在忙忙碌碌的小沙蟹不知去了哪里，见不到那令人怜爱的身影，也没有在海滩最柔软的地方留下比针眼还小的足迹。大海苍茫，如此细小的东西，总不能进入大海吧，那样一来岂不是连摧毁的概念都用不上，仅仅消融与消化就足够对付了？

此时此刻的水线，与夜里海潮曾经到达的地方，距离不会少于二百米，高度不会低于二十米。夜深人静、尘凡熟睡之际，这片海滩上又曾上演日复一日、夜复一夜的惊涛拍岸。一波波卷起千堆雪，一片片除却浊水烟。俨然一夜一再生，一日一轮回，令这海滩纤尘不染，清纯永续。晚潮退尽，朝霞未染，想看的和不想看的，都不曾现身。海滩上一只小海虫都见不着，海面上一只海鸥也没有，就连最喧嚣的人，除了自己，暂时还没有其他人的踪影，也就不可能有那一只只、一串串粗俗的鞋印与脚印。从高处树林里冲出来的溪流，碰到紧挨着海堤的一块块礁石后，轻描淡写地溅起雪白雪白的水花，没有水花的地方，水流像玻璃一样无遮掩，看得见任何一粒随波逐流的细沙。在无比珍贵的淡水溪流里，同样找不着一条最爱淡水的小白鱼。在淡水与海水定时交替的海滩上，也找不到一只既爱淡水、也不惧怕海水的水黾子。

　　与任何海水、海滩、海堤、海山和海上森林相比，海云与海雾无疑是高高在上的。正是六点二十分，太阳突然从海云与海雾的缝隙里冒出来。停在海湾中央的几艘渔轮像是抖动了一下,由海湾中央方向望去,快到海平线的一座小岛也在抖动,并且比漂在海面上的渔轮多抖动了几次。突如其来的太阳往海面洒下几道金光后,迅速回到云雾深处,近处的渔轮与远处的海岛重归平静。这时候,先是溪流左边的礁石上出现一位穿着睡衣、手拿相机急匆匆拍照的女子。紧接着一位当地男子由溪流右边行云流水般缓缓走过来,将安静升华而成的安宁,重新变回日常之中只要想到就会找到的安静。这样的思路,正是从刚刚发生的照相机的快门声中,在清晰可闻的方言絮语中明白过来的——这个世界上,那些能让安静高枕无忧地酣睡一场的应该称为安宁!夜夜狂飙难免也会倦怠的东海这会儿在安睡,从山上茂密植物缝隙里钻出来的风与溪流在安睡,那些叫得出名字的沙蟹、沙贝、沙螺和沙虫也在安睡,那些叫不出名字的两足的、三爪的、四脚的,以及从来就是用身子滑行的,一切本该留下脚印一类印痕的同样也在安睡。最终连安静本身都可以放心睡去。不必担忧安静被破坏,不必担心安静一去不返,也只有安宁了。

与人说话间,海云与海雾突然浓密起来。万物在变,心情也会变。刚刚转过身来背向大海，脚下来不及真正挪动，海湾与海滩就变得遥远起来。空气越来越潮湿，从高处山上刮下来的风里，正在下着专门挂在眉梢与睫毛上的小雨。上岛以来一直没有机会见识的山巅处，一定比昨天爬过的半山腰更加凉爽，这种细微级别的小雨，能将半山腰上大小两座天湖灌得满满的，将满山遍野像是从别处海岛全数迁徙而来的无数植物滋养得如此丰盈，该是何等的润物无声！经由海水蒸腾，变为浓雾降落，又从滴滴清露，汇成人间天湖，流入岩缝山涧，最终越过一片片海滩重归大海，是天地间毫无秘密可言，看得见、摸得着，供人天天享受的海水淡化工程，更是天地间赖以维持生命体系的莫大恩泽。

这样的夏天，离秋风萧萧还挺远的，崳山岛上的芦荻就已经滔滔之声不绝于耳。

人不懂大海不要紧，只要大海偶尔与人心相通一场，就足够我们开怀畅叙许久。

比如被视为大不吉、绝对不可以端上餐桌的鲤鱼，并不妨碍在那近乎圣山的太姥山上，世代传颂一块鲤鱼宝地和天造地设一条九鲤溪。还有那人所不知的神秘关联，让九鲤溪中不绝经年的清泉，无影无踪地腾挪到东海深处，再在嵛山岛上分解成越看越神奇的大天湖和小天湖，只需看上一眼，就如醉三秋。

大海不懂人也不要紧，只要决意与大海谦恭终生，便可以事事人人都安宁。

比如可以凭借想象生发各种妙处的茶树，品尝越多，对事对人的念想也就越多。是贮藏百年方可延年益寿重要，还是带着清明浅香、谷雨清露的新嫩芽叶使人心旷神怡更加实在？是将无边无际的文化品相，透过各类管道附在茶树和茶叶上面，还是还其质本洁来还洁去的自然属性和品格？于清晨熟睡的海滩，有意无意不留任何痕迹的表象下，写有简洁明了的答案。

在安宁中体察纯粹与宽广，一如看过海，再在嵛山岛看过东海。

二〇一九年七月二十七日于斯泰苑

赫瓦尔酒吧的和声

亚得里亚海水怎么会是黑色的？倚着庞大的海轮船舷，我禁不住问。海轮行驶在去赫瓦尔岛的途中，钢铁犁起的浪花像一层雪一样洒在黑如墨汁的海面。代表团中有人说是污染，我不大相信，被污染的海浪不会这么白，海风也不会这么清新。关于污染的传说，很快就被码头港湾里清澈见底的水色轰然粉碎。而这时海水的颜色已不是我们的主要议题了。

大约是上岸后的偶尔一回头间，先是有人惊呼了一声，随后四个人都驻足不前了。眼前的小岛、小城、小湾，以及大海、落日、教堂，以一种前所未见的姿态，霍然闯进我的心灵。与海的相逢在我并无多次，但同行的几位却是海的常客，他们的反应之强烈，使我相信自己的惊诧是对的。日后，当我得知亚得里亚海最美的一段在克罗地亚境内时，我更相信赫瓦尔岛是最美中的最美了。

夕阳西下，海平线上镶着一条绚丽彩带。很奇怪，竟没有一点云，所有的绚丽都是海水的一种辉映或者是升腾。也没有波浪，近处海水可以清晰地数清几丈深的去处里，灰白的石灰岩上的圆圆窟窿和团团石嘴。宁静的黄昏中，棕榈树伫立成一排盼归的人，教堂的尖塔则是一种凝固的向往，宗教的钟声则更像是一种抚摸，一种呼唤。后来，我听到一个故事，说是沿亚得里亚海，所有的酒吧里都有一个不成文的规定，只要是哪个酒吧里点上了一支蜡烛，那就表示有一个水手在海上永远不会归来了。这个故事是在行将夜半时听到的。这之前我们踏黑遍访了岛上的西班牙古堡和拿破仑古堡，穿一条漂亮牛仔裤的赫瓦尔市市长米兰·拉科什拎着两枚真实的大钥匙，拧开了那古老的铁门。在石灰石街道的两端，爽朗的主教和腼腆的嬷嬷，使神秘的天主一下子变得亲切起来，特别是当嬷嬷拉着市长诉说着什么清苦时，竟让我会心地笑着联想起许多来。

棕榈树的期盼是有道理的。这也是我后来的感慨。赫瓦尔岛，赫瓦尔市，赫瓦尔酒吧，这简直像是一种凝练的过程。酒吧门帘半垂，那意思是不再接待别的客人了。在我们全心品尝岛上特有的烤鱼时，一直在旁边桌上豪饮的一群岛上的居民，在市长亲自带领下，突然唱起歌来。只是寥寥几句，我就断定，今天夜晚又将是一个此生难忘了。

民间的他们唱的是当地的民歌，那水手比国内的专业歌手还棒。当然，谁叫和声是由他们流传给中国的呢！那群男人是一架活的管风琴，一张口就是多声部，就连斯布利特市作协主席的诗他们也能当场美妙地唱下来，直唱得他大声叫道：没有姑娘追那还叫什么男人！诗没懂我们，我们也没懂诗，这句话我们相互都懂了，笑声也是不需要翻译的，它对任何人都是母语而无译文。大家都笑，笑得酒都荡漾起来。我们知道这不是烤鱼在酒里游动，尽管酒吧老板说这种鱼先在水里游一阵，又在橄榄油里游一阵，再在酒里游一阵。我们用中国话说，好酒再来一碗，随手举起的却是洋酒杯。老板问要什么酒，我们问有什么酒，老板说他这里什么酒都有。我大声问：有茅台吗？此时，心中涌起的是一种别样的情怀。

民间的歌声在唱着一群年轻的寡妇，要她们别老穿丧服，老在忧伤，她们还年轻，还应该有爱；民间的歌声在唱一位老妇人失去了自己的房子，陪伴她的只有回忆；民间的歌声还在唱：我爱我的同伴，我爱我的爱情，我爱我的生活，我爱我的女人——爱情万岁，伙伴万岁！多声部的夜晚如果没有东方中国就不完整了，军人出身的钮保国一个昂扬便吼出了一首《九月九的酒》，西北风仿佛此时吹荡起亚得里亚海的浪涛，当然，这是那些长满黑毛的手拍出的掌声。而后，我唱了一曲忧伤的《妈妈留给我一首歌》，走到哪儿我都会带上它的。在洋腔洋调的叫好声中，我忽然明白，外国的月亮也要圆些，这话本应放之四海。以我们这等水平的歌喉，能博得异国人的喝彩，想必也是外圆内瘪、家花不比野花香的道理。

直到夜半，不能不告别时，我们站在酒吧门后，相拥而歌，那旋律既像是道别，又像是迎接。当我们走在海湾边时，晚风乍起，那歌声又变成了欧罗巴的渔舟唱晚，或者是棕榈树与星空的倾诉和低吟。

教堂的钟声响了，整个海岛为之一抖。棕榈树似乎没有觉察，依然相向大海而伫望。这么好的歌声，这么好的人，的确值得它们日夜担忧，因为大海有时会变脸无情，一如远处那尚未熄灭的战火。好的歌声是一种兆示，譬如让人明白世界也是一种多声部合唱，少谁也不行。有人说，和声是宗教唱诗班造就的。我宁肯相信这是欧洲海洋文化的结果，汪洋中的一条船大家必须齐心协力。亚洲大陆文化中刀耕火种，一男一女便可温可饱可娱可乐，所以更多也只是来个对唱。

如此，我便艺术地构思了亚得里亚海水是黑色的缘故，欧洲人因为眼睛是蓝色的，所以海水便呈黑色；亚洲人因为眼睛是黑色的，所以海水便是蓝色。这该是大自然的一种和声。

一九九五年十二月于汉口花桥

后　记

今天是鲁迅先生诞辰一百四十周年，来绍兴参加相关纪念活动，上午受邀上台朗读《故乡》。"这正如地上的路；其实地上本没有路，走的人多了，也便成了路。"读完结尾处这段广为流传的文字，回到座位多时，景仰之情仍不能抑制。文中那"听船底潺潺的水声，知道我在走我的路"的句子，让人联想到在南海日日夜夜听着的浪涛声，一腔思绪涌起来，便请了假，不参加下午的活动，将这本书的后记赶紧写了。

或许由于生在长江边，每当要在山水之间做选择时，自己总是喜欢选择水。

一九九五年冬天，去克罗地亚访问时，当地的主要报纸用头版头条的位置发布新闻：中国作家来了！当时的克罗地亚刚刚独立，我们几位也成为他们接待的第一批外国作家。负责接待的克罗地亚官员并非来自文化部门，而是外交部第一副部长。在欢迎晚宴上，针对血腥战火仍在四处燃烧的困局，副部长信心满满地致辞，虽然全世界都认为不可能达成后来人称《代顿协议》的停火协议，他却坚信一定可以签下来。事实正是如此，半夜里，睡得正香的我们被一阵喧哗惊醒。同住一家酒店的战争难民熬夜收看电视新闻，得知停火协议终于签订了，便不管三七二十一地欢呼起来，伴随欢呼声的还有隐隐约约的枪声。第二天早上，去餐厅时，无论难民还是非难民，人们的神情都已恢复平静。即便是酒店旁边广场上聚集的许多年轻人，从头到脚也找不出一丝和平替代战乱时的狂喜痕迹：看书的人继续看着平常在看的书；画画的人继续画着平常在画的画；谈情说爱的情侣，继续吻着平常的吻，拥抱着平常的拥抱，抑或争吵着平常的争吵。以至于不得不让人心存疑惑，好像漫天战火不曾烧至家门。

  在如常的平静中离开克罗地亚首都萨格勒布，乘飞机到访赫瓦尔岛。驾驶员将波音客机当成歼击机,猛地降落下来,飞机在机场跑道上狠狠地颠了几下。一阵心惊肉跳过后,我们相互取笑,说昨天才签停火协议,歼击机驾驶员就改行开民航客机了。

那一次,我们住在赫瓦尔岛上的一处酒店,打开房间后门就是亚得里亚海,弯下腰就能掬起蓝得勾人魂魄的海水。赶上当地下了一场初雪,白的雪,蓝的水,清清静静的海天,那一瞬间,心中突然涌出一个念头,何不下海游他一泳!后来的日子,自己一直怀念这一时刻,甚至将其提升到某种理想的境界。一直在为自己当时没有脱下衣服,跳入亚得里亚海,哪怕只在透明的海水中扑腾几下而抱憾。也不能全怪他人的劝止,更不能说成是那位当团长的作家同行的阻拦,只怪自己还没有过硬的心理。那天的暖气烧得极旺,外面下着雪,待在屋子里,穿着最薄的内衣还觉得热。只要想好了,开门跳入海中,游一圈,再回到屋里,别人如何反应得过来?

大约因为这一场遗憾,往后的日子,只要见到海,就会想尽一切办法,不使自己再留遗憾。而这也是一听到有去往南海的机会，自己就会排除一切干扰也要成行，并且尽可能将与南海接触的感觉记录下来的原因。前几天，在古城襄阳的一个文学活动上，自己发言时，不由自主地就说起南海：文学一定要回到第一现场。我自己这几年在外面行走很有收获，比较集中的有走南水北调、走长江，前不久又去南海一趟，每走一次就开一次眼界。一位伟人曾经表示自己所羡慕的生活是上午种田，下午钓鱼，晚上讲哲学。在南海的十几天，天天上午看岛，下午游泳，夜晚在不到五平方米的舱室里谈海洋与文学。虽然不敢说这样的文学肯定有强大的生命力，但那些不在现场的文字，与海洋远离十万八千里写海洋的文字，肯定不会有生命力。这几句即兴冒出来的话，让自己重新审视内心对水和海的喜爱。

正如在克罗地亚所见的那样，世界上最强大的生命力不是尽一切可能去折腾，而是像大海那样，将真正的伟力安放在肉眼所见的平静之中。

另，我在内陆中生长，与大海相逢的机会不算多。除了南海，其他写海的文字也有限，所以，就将另外几篇也收入这本书中。相关背景，大都在文章中有所表述，像《去南海栽一棵树》是写自己第一次去南海的所见所闻、所感所想;《我有南海四千里》等三篇是第二次去南海,在特殊的国际事件面前,所展现出来的对祖国每一滴水的热爱;《山在东海中》自不用说,是写东海。而《赫瓦尔酒吧的和声》,不仅是写亚得里亚海,更是全部写大海的文字中的第一篇,有着不一样的情感与意义,虽然比照这本书的其他各篇有些异样,但仍觉得有此收集的必要。

"我在朦胧中,眼前展开一片海边碧绿的沙地来,上面深蓝的天空中挂着一轮金黄的圆月。"南海上的月亮是不是也像鲁迅先生笔下这般金黄,是没办法比较的。然而,一如鲁迅先生所言:"希望是本无所谓有,无所谓无的。"我们所经历的一切,包括理想与希望,是我们生存意义的一部分,无论怎么看待,都改变不了其特性。又如大海,当我还是山里的少年时,无论这少年是不是亲密接触了南海、东海和亚得里亚海等,这海洋都会用天下的每一滴水来汇成不可改变的存在。

二〇二一年九月二十五日于绍兴饭店 8315 房